废墟里的风声

萧一木 著

陕西新华出版
太白文艺出版社·西安

图书在版编目（CIP）数据

废墟里的风声 / 萧一木著 . -- 西安：太白文艺出版社，2025.2. --（诗意彩虹）. -- ISBN 978-7-5513-2917-0

Ⅰ . I227

中国国家版本馆 CIP 数据核字第 2025NJ4808 号

废墟里的风声
FEIXU LI DE FENGSHENG

作　　者	萧一木
责任编辑	汤　阳
封面设计	麦　平
版式设计	陈国梁
出版发行	太白文艺出版社
经　　销	新华书店
印　　刷	武汉鑫佳捷印务有限公司
开　　本	880mm×1230mm 1/32
字　　数	170 千字
印　　张	9.375
版　　次	2025 年 2 月第 1 版
印　　次	2025 年 2 月第 1 次印刷
书　　号	ISBN 978-7-5513-2917-0
定　　价	388.00 元（全 7 册）

版权所有　翻印必究
如有印装质量问题，可寄出版社印制部调换
联系电话：029-81206800
出版社地址：西安市曲江新区登高路 1388 号（邮编 :710061）
营销中心电话 :029-87277748　029-87217872

目 录
CONTENTS

辑一 死水微澜

002 || 原　野
004 || 荒　原
006 || 独居高原
008 || 云　山
010 || 风　吹
012 || 广陵散
014 || 横渡沙漠
016 || 戈壁滩的黄昏
018 || 草原之夜
020 || 空　地
022 || 坐在暗夜的深处
024 || 天堂的流水声
026 || 小　巷
028 || 天　问
030 || 大地之远
032 || 有一片落叶的声响
035 || 古　塔
037 || 天空掉下一片羽毛
039 || 风吹落一只花瓶

041 || 流水在用童年的月光
　　　　呼吸
043 || 与蝉对坐
045 || 神　鸟
047 || 子　夜
048 || 像影子一样活着
049 || 秋净沙
051 || 废弃的车站
053 || 风声雨声消失了，流
　　　　水在响
055 || 窗外的鸣虫
057 || 身在原处
058 || 这些年
059 || 秋暮下的旷野
060 || 我的记忆
062 || 人行天桥
064 || 像海一样辽阔
066 || 海边的僧侣
068 || 孤独被大海掀翻
070 || 把往昔还给大海

072 || 月光下的海洋			104 || 马头琴
073 || 黎　明			105 || 小　寒
075 || 墓碑上的蝴蝶			106 || 静夜思
076 || 蝉　雨			107 || 荷尔德林
078 || 喜　鹊			109 || 灵芝公园
079 || 钉　子			110 || 上午茶
081 || 孤独的雨伞			111 || 百丈瀑
083 || 独坐苍茫			113 || 踏遍青山
084 || 吆　喝			
085 || 空　山			辑二 **流泉微翠**
086 || 松树下			116 || 泉
087 || 磨　牙			118 || 港
088 || 胡　同			120 || 冰
089 || 邂　逅			121 || 乌　鸦
090 || 蜗　居			122 || 梅
091 || 有只夜猫叫			124 || 麻　雀
092 || 遥远的城			125 || 脸　谱
093 || 啃烧饼			126 || 山　溪
094 || 归　人			127 || 煤
095 || 破　戒			129 || 远　山
097 || 读　信			130 || 雪　野
099 || 小雨敲窗			131 || 草　垛
101 || 春风吹又吹			133 || 豌　豆
102 || 踏沙行			135 || 油　菜

137 ‖ 红　薯	173 ‖ 香椿树
139 ‖ 丝　瓜	175 ‖ 葡萄架下
140 ‖ 西　瓜	176 ‖ 夏日的荷塘
141 ‖ 麻	177 ‖ 一粒果落下来
143 ‖ 桃花开	178 ‖ 梧桐树
145 ‖ 梨花落	180 ‖ 紫荆花开
146 ‖ 山茶花开了	182 ‖ 无名花
147 ‖ 木棉花开	184 ‖ 芍　药
149 ‖ 孤独的樱花	185 ‖ 月　亮
151 ‖ 雪	186 ‖ 笛
153 ‖ 风	187 ‖ 烟　灰
154 ‖ 窗前一棵树	188 ‖ 板　桥
155 ‖ 西风中的苦楝	189 ‖ 酒
156 ‖ 白　杨	190 ‖ 选　票
157 ‖ 马	191 ‖ 韭　菜
159 ‖ 牛	192 ‖ 野　火
161 ‖ 虎	193 ‖ 锈
162 ‖ 蜘　蛛	194 ‖ 西风中的牛
164 ‖ 柳	195 ‖ 九嶷山
166 ‖ 橘　灯	197 ‖ 观音山
168 ‖ 红树林	198 ‖ 悬空寺
169 ‖ 书　桌	199 ‖ 灵隐寺
170 ‖ 水龙头	
171 ‖ 草　莓	

辑三 星光微隐

202 || 有时我们会想起
204 || 斜谷口
206 || 工人老五
209 || 母亲坐在木门边
211 || 牛屎香的黄昏
212 || 母亲失忆
213 || 霜　降
214 || 洗　衣
215 || 寨　顶
216 || 山道慢
217 || 风是一个枯槁的白衣人
219 || 任　雪
221 || 晌　午
223 || 春　雨
225 || 没钱的日子
227 || 那个夜晚
229 || 大风雪之夜
231 || 486次列车
233 || 下午三点
235 || 谁家一只红蜻蜓
236 || 坡　地
238 || 暮　归
240 || 清　明
242 || 野山茶
244 || 躲　荫
246 || 葡萄与玫瑰
248 || 雪
249 || 萤　火
250 || 午夜地铁
252 || 雪山下的木屋
254 || 阴影被鸟声删除
256 || 黎明的梯子
258 || 飘　雪
260 || 明月千里
262 || 遗忘的雪水
264 || 林海雪原
266 || 天　湖
268 || 松　涛
270 || 藏羚羊
272 || 雪　狐
274 || 多米诺骨牌奇景
277 || 海上田园
279 || 山　居
280 || 树上还有几只鸟
282 || 我不是故意的
283 || 清风吹响田野

285 || 湘南小镇

287 || 夜栖知青寨

288 || 废　井

289 || 菜　地

辑一
死水微澜

废墟里的风声

原 野

原野，百亿年前海的嘴唇
打马而过者
似它舒出一个悠远的哈欠

大地的每一寸土地
沉淀着多少人的骨头
在这原野上驰骋
激越的马蹄会踩痛多少灵魂
多年后，我将成为这里的一块泥土
踏我而过者，正是
沿着我的血脉逶迤而来的背影

在空旷的天底下
谁也不会孤单
脚下的土地是陪伴你的远古的亲人

无垠的宁静蕴有令人神往的光芒
无垠的星空坐落有那迷失的故乡
我只身打马
凄迷的原野仿佛飘在梦醒的童年

辑一 死水微澜

大地啊，你有多少雨水

我就有多少屈辱

一路挥洒就是挂在空中彩虹的经卷

将自己彻底打开

我是一望无垠的原野

万里如洗的碧空

恍若我隔世的初夜

谁将是那千年不朽的春风

轻轻地将我吹绿，吹红

一直吹向秋天

就这样

将歌唱献给远方

把沉默留给原野

2000 年 2 月 2 日

废墟里的风声

荒　原

风吹旷野

似时间在翻阅《诗经》中的一页

是谁形容枯槁，毛发潦草

似苍茫挤出的一蓬黑色的火焰

若一片落鸿，他衣袂飘动

飘若一团游踪未定的浮风

却被自己磕碰

撞成比这旷野还要荒凉的疼痛

他唯一的所有

是比暮色还冷的影子

像一个千年的大梦

使空空的荒原变得沉重

道路是岁月横吹的一支洞箫

月光在箫声中瑟瑟地飘摇

遥远的撞磬声

由远而近，由近而远

在深邃的苍穹下

他感动得仅剩下渺小

大地在风中飘移

他是风围拢的沙堆

2000 年 10 月

辑一 死水微澜

废墟里的风声

独居高原

这风是谁吹来的一生

这草又唤醒谁的来世

星星都是安静的孩子

把梦想无意洒进我的木屋

浩瀚私语只有高原拥有

万千离索只有高原消受

寂静是一条清澈的河流

测量不出影子的深度

我的孤独是大地的孤独

人的心头只要还有一片月光

就可以洗净身上所有的创伤

在这罪恶唯一到不了的地方

我独自承受来自宇宙深处的荒凉

月亮悬挂

似古代一个美人吐出的叹息

孤单千年

为的是顾盼我今夜孤单的身影

千年之前有人如此默默地爱我

我却不能用它的光芒洗清自身

只有高原上那棵树

站在自身的阴影中

融入宇宙无边的寂静

2001 年 12 月

辑一 死水微澜

废墟里的风声

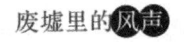

云 山

无数的羊群从脚底下喷涌
万物的呼喊在撞击着天空
群山之上一个轻于鸿毛的人
在期待大风如群鸟穿过沉钟

山是云，云是海
悬于云海，神游物外
蠛蠓蚁虱，不觉其微
蚍蜉一撼，不觉其亏
沧海一粟，我是什么

我是瞬间的山峰
无语于回眸的红枫
我是山峰的凝视
照亮那万顷绿波

我是九天泻落的狂瀑
把自己砸成一片尘沫
我是云涛呼啸后的翼流
消失于群山的沉默

辑二 死水微澜

我是山顶的一缕风,一株草

一根松针的神经末梢

我是山顶回忆的河流

河流上悬挂的独木桥

我是独木桥上翻滚的云海

落上一片夕照

2008年1月11日

废墟里的风声

风 吹

有什么比风来得更远去得更快
马鞍山是英雄落下的头颅
草木似一缕缕头发在摇摆起伏

再高的天空装在我内心的大海
再深的裂谷陷在我眉头的皱纹
斜阳里那根逶迤的电线
是孤独的神经
强大的电流在里面默默无声

最寂寞
要数对面电视塔上的避雷针
它高高在上,却渺小得无痕
它探到蓝天的深处
窥听到了什么
除了寂静,还是寂静

风吹到这里,就转了个弯
偌大的峡谷,我是唯一的出口
世界把所有的浮躁,喧嚣,风暴

都倾入我的眼睛,却被我蔑视

似一粒悄悄落下的浮尘

浩浩的风吹荡着我

似吹拂着大地

辽阔而无声

2000 年 8 月 17 日

废墟里的风声

广陵散

落日将满含风声的影子

砸进黄昏的皮肤

黄昏被一丝弦音压低

丝弦上以发尖行走的是聂政吗

他形销骨立,瞋目而歌

怀抱自己的白骨往剑炉中添柴

他在用满腹沸腾的铁水铸剑

谁能像岩石忍住一生的泪水

谁能像高山托起沉默的尊严

丝弦上的杀伐是一个人的战争

是苦于口吃的心灵在突围

十面埋伏

烈日将整个山脉用于畅饮

你只能以屈辱的熔液烧毁石头

从岩心取出泉水

有谁流徙旷古洪荒依然细数万物

有谁变成河底卵石依然仰望苍穹

一个退隐的影子倾心于打铁的炉火

将心中漫漫的牢狱铸成一枚铁钉

有人在途穷恸哭，有人在穷途高歌

似一个盲人在莽莽荒野抚麦浪而行

他把胸底万顷暮色绵亘成万里星辰

2012 年 3 月 24 日

辑一　死水微澜

废墟里的风声

横渡沙漠

一个人横渡沙漠

不要说他孤单,要看他的辽阔

曾经渴饮春风的朋友

身后旷日持久的敌人

都没能熬到这个时辰

火焰剃度的荒丘,寂寞蒸死的海

他脸上纵横的沟壑

是伸入这荒漠唯一的河流

所有的事物都在这里失去面孔

所有的倾注

都成了指缝间漏泄的沙粒

所有的渴望都成了渴死的水

啊,灼热的游魂,往世的桃源

太阳,千年流放的伟大囚者

在漫漫黄沙里雕塑茫茫沉思

他是尘世尽头的最后一名纤夫

拉着沉埋在沙海里远古的楼兰

失去塞子的沙漠披头散发

背上月形的葫芦舀尽黄沙

绵绵的沙浪,滚沸的盐

横渡沙漠的人早已掷出自己

把茫茫绝境披成黄金的宫殿

      2013 年 1 月 12 日

辑一 死水微澜

废墟里的风声

戈壁滩的黄昏

秋天在用笙箫把远方吹诉

穴居岩石的灵魂堆积着涛声

烽燧堆堞，孤烟长河

丝绸上的驼铃，带血的箭镝

凉浸浸的石头，是硬朗的骨头

也是沉默的火焰

大地寂荡，一棵胡杨寂寞了千年

形销骨立，也不觉得凄凉

只有被埋没的忧愤穿过亘古的荒凉

大戈壁，你是我半世潦倒的命运

喉咙锁着狱卒，往事吊成刑场

被世界遗弃，遗世而独立

唯余半爿石门举起孤独的残阳

仿佛一个没落王朝最后的庆典

大戈壁，你风吹石头跑，鬼哭亦狼嚎

月亮烧着自己的白骨，变成黄沙如金

寂寞的无尽消失在无尽的寂寞中

只有蜥蜴在沙地上急飞如前朝的将军

大风移动,一个弯腰割麦的巨人
把我踢踏成一片凌乱的响声

在看得见的生死之间
大地静默于一朵黄花的摇曳

2024 年 7 月 3 日

草原之夜

草原盛大的典礼辉映群星的波澜

旷野幽蓝似寂寞千年醒来的钟声

柔软的青草似大地光滑的皮毛

夜色是移动的羊群,擦拭人间的尘埃

月光清浅

轻抚绿色的草原

一只天鹅

它纤细的颈部弯成时光最美的弧线

它顾盼,似银河宛转

它嗑喙,与星辰共鸣

它展翅,如女跳水员

在空中矫捷打开身体的轻盈

在波澜不惊的呼吸里

江河狂野却润物无声

万顷碧波的奔涌

一定有着不可拒绝的温柔

我甩动鞭梢

只想轻轻碰一碰亲切的宇宙

2024 年 6 月 25 日

辑一 死水微澜

废墟里的风声

空　地

最远的森林站在头颅的深处
每一棵树都是地上走累了的人
在这宁静的夜晚安聚
一起分享自由的公正
月亮伸出春天般的手
推开满身窗户
一只蜗牛背着小小的寺庙
沿着自己的鼻息点亮归途

各退一步，便让出一片空阔的海
这一片空地是众神的眺望与归宿
我毕生的奔跑是从身体过滤疼痛
在这儿转身为树
缓缓舒展开收敛经年的峥嵘与风骨
那只在草叶上迟飞迟停的青蛾
是邻居阿梅吗
她神采奕奕的脸庞曾令我孤独丛生
冷吗，请让我倾一袭树影为你加衣
星光匝地，年华似水
一朵朵花儿在风的摇椅上安睡

辑二 死水微澜

任凭身旁迭起一阵阵虫鸣
哦，那只紧贴在枝叶梗上的甲虫
曾是我生前久久抹之不去的敌人
因为它，我一度用仇恨灌溉大地
现在我宽宥了一切，任它在枝头
用触须打量露珠里的倒影

月光照着枯枝上萧瑟的蛛丝
像照着我内心荒漠里的遗址
枯枝上坐着一个轻如鸿毛的人
他在用忏悔吹埙
缓缓的埙音里蓦地扬起一只麋鹿
她清澈的眼神永远是我善良的种子
尘世最大的痛苦莫过于愚蠢地辜负
我愧恨，像青草一样向她弯下腰来
没想到她倏地闪身而去
纵使我化身清风，穷遍林海
再也寻觅不到她的芳踪

2012 年 12 月 31 日

废墟里的风声

坐在暗夜的深处

坐在暗夜的深处

有谁能够发现我

我是一块漆黑的石头

像剑收起寒光

守着骇人的寂静

任黑暗的洪流

将我埋在最低处

有谁发现我还活着

彻骨的凄凉

从冰冷的脊骨上升

如一种语言

消失于黑暗的无形

我在黑暗里坐着

内心蕴敛着闪电的沉寂

也许只有我能够解读

夜风在密林深处的微语

 不归的魂灵

在暗夜里奇异地游动

辑二　死水微澜

只有我看得清楚

月亮似一个初生的婴儿

它幽深的呼吸

风一样掠过坟墓

惊动田野

又无影无踪地消逝

我在黑暗里坐着

似一颗种子

被黑暗包容

才能把黑暗洞悉

2000 年 5 月 19 日

废墟里的风声

天堂的流水声

我听到了天堂的流水声
融合着海子的《夜歌》
海子是吹奏天堂流水的诗人
而后化身那流水里
一朵不可凋谢的浪花

我听到了天堂的流水声
在夜的边缘
所有的黑暗都沉到我的心中
所有的光明都落在我的梦里
天堂的流水声潺潺
从一叶茎脉上流过
从一缕微风上流过
带着一片智的光辉

我听到了天堂的流水声
一个诗人拿着心在水中清洗
据说那就是星的形成
星在黑夜迸射的是自身的灵魂

辑一 死水微澜

我听到了天堂的流水声

夜空如镜

一个我飘出体外如圣者在预言

"我不给你们带来光明

谁给你们带来光明"

一个我在黑暗中微喟

似雨后掠过的风声

2000 年

小　巷

太阳遗漏夜间的一缕阳光

蕴藏着海水一样深的黑暗

夜都睡着了

唯独我睡不着

有风起自青蘋之末

萧索里摸索萧索里的寂寞

似一只蚂蚁

匍匐在蚯蚓的脊背

轻如岁月的足音

回响成世界的呼吸

只有我在倾心地谛听

小巷张开树的巨翼

作势飞翔

却被房屋咬住了爱情

静为一种象征

我从一棵倒立的树影

惊讶地发现了我自己

风不摇

鸟不叫

路灯是我的心跳

一条城市的缝隙

终于流注出一片天空

没有星辰，没有云朵

只有月亮在高高地挂着

> 辑一 死水微澜

1999 年

天　问

前面是什么

后面是什么

前面的前面是什么

后面的后面是什么

是什么混沌什么

是什么寂静什么

我在一棵树下坐着

树在时间之外立着

时间在面前的河里流着

河在夜里打着漩涡

夜在这棵树上集中聚集什么

过去是什么

未来是什么

过去的过去是什么

未来的未来是什么

是什么照亮什么

是什么窥伺什么

一颗星在树上隐着

一盏灯在看不到的地方亮着

辑一 死水微澜

指缝漏泄的夜阑裹着一首歌

歌在谁的泪光里醒着

比夜更黑的是什么

比路更远的是什么

比家更重的是什么

比梦更空的是什么

比善良更脆弱的是什么

比反抗更强硬的是什么

是什么毁灭什么

是什么诞生什么

世界在隐秘的河滩

扭曲地吐着泡沫

天空在天空的云层里

庄严地沉默

1999 年

废墟里的风声

大地之远

天空一无所有

我是天空遗下的一缕苍茫

大地夜色四起

我是黑夜难以抵达的远方

我的出现

比闪电突然,比道路悠远

还有什么比我更接近毁灭

有什么比灰烬更忠贞

有什么比悬崖更倾情

黎明是一只还未醒来的飞鸟

遗下一卵,便是宇宙

一粒宇宙系不住一叶扁舟

一叶扁舟颠簸不出我的心头

谁的眺望如此寂静

谁的背影零落成黄昏

我的眼睛有整潭碧绿

滢滢储满了清脆的鸟声

空谷的鸟声,遥远的黎明

是谁在深深的密林里提一盏神灯

有谁似我

为了守候仙人掌的翠绿

而将一生变成荒漠

有谁似我

为了迎来灿然雪花

而把自己变成梦的冰河

绝望一样美丽的灯火

摇曳出黑夜的静美与温柔

有谁读出它心灵的沉壁与碎影

谁是黑暗袭出的一缕微风

吹过,又隐没在黑暗的波浪里

谁是秋天留在枝头的最后一枚落叶

飘落,葬身于黑暗的微波

2001 年 5 月 26 日

废墟里的风声

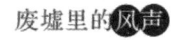

有一片落叶的声响

有一片落叶的声响,有一朵花开的声响

有一只蟋蟀抖动翅膀的声响

我乘着声响飞翔,飞翔,飞翔

似一片云影落在一片似云的草地上

草地的左边是幽谷,右边是竹林

满眼是摇动的月光,跳动的月光

流动的月光

有一片落叶的声响,有一朵花开的声响

有一只蟋蟀抖动翅膀的声响

是谁在竹林里秘密叩动月光

是谁在竹林里秘密凌波徜徉

我轻轻地走进竹林,轻轻地张望

只是一片静谧中的静谧,虚无中的虚无

只是一片摇动的月光,跳动的月光

流动的月光

有一片落叶的声响,有一朵花开的声响

有一只蟋蟀抖动翅膀的声响

是谁腰佩铃铛,是谁垂吊耳环

是谁吐气如兰,是谁轻掬波浪

我抬头,她似光隐现在天边

我俯视,她似暗香柔漫在花草间

我闭目,她蹑步踏到我心上

我心上是一片摇动的月光,跳动的月光

流动的月光

有一片落叶的声响,有一朵花开的声响

有一只蟋蟀抖动翅膀的声响

她是蝴蝶的芳魂?她是鬼的情侣?

我觅无形踪,只好抱影入梦

却有一种时光的呢喃在耳旁轻堕

我乍一睁眼

竹叶上的露珠里坐着一个绝世的新娘

她晶莹剔透,她洁白如玉

她轻轻舒展衣袖,世界已迷醉

她轻轻吹一口气,我就融入她的呼吸

她的呼吸是一片摇动的月光,跳动的月光

流动的月光

有一片落叶的声响,有一朵花开的声响

有一只蟋蟀抖动翅膀的声响

她是一片绿叶的呼吸

废墟里的风声

她是大海唇边的低语

我是声响里的一阵微风

瞬间消失在她的怀中

她的怀中是一片摇动的月光，跳动的月光

流动的月光

2000 年 7 月 11 日

古 塔

闪电掠过古战场

盔甲风化成云

鼓角褪成远去的波涛声

万千尸骨瘦成了青草

在风中摇曳

唯留一匹战马引颈扬蹄

一立千年

在它沉重影子的涵盖之下

我仿佛回到了遥远的前生

千年之前,我是它唯一的骑者

是这万重大山千条江河的首领

千年之后

我只是它足下的一株青草

真实得平凡

平凡得渺小

渺小得寂寥

废墟里的风声

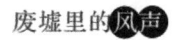

太阳就要落下去了

夜色就要

将它翘盼千年的主人笼罩

2000 年 10 月 7 日

天空掉下一片羽毛

天空掉下一片羽毛

如云朵融落一片宁静

徐徐落在我仰望的鼻翼上

像一片森林盖住了城市与山峰

这是被谁的心跳抖落的羽毛

落在城市城市就绿了

落在土地土地就发芽了

它似一片雪花深含着春天

我在谁的沉默里活着

我在谁的目光上打一个趔趄

这个季节有许多偶然

羽毛只是其中的一瞬

却如上帝伸出的一只手

轻轻将我托举到春风里

废墟里的风声

天使就藏在我的背后

天使就藏在我的呼吸里

她垂下一片美丽的睫羽

拂拭心灵的灰尘

睁开眼睛

明亮的光辉是飞翔者的足迹

2000 年

风吹落一只花瓶

这完全是一场不经意的风
丝毫没有觉察到它的速度
它的到来不是为吹落什么
仅仅只是吹过一只花瓶
花瓶却迎着它,轻轻跌落了

花瓶跌落的姿势很美
像是扑倒在风的怀里
碎得也有尊严,令人怀念
它活在远方的雪线里
闭着满嘴尖利的牙齿
意外的磕碰,莽撞的风
都使它显得异常的矜持

但这近乎抚慰的吹送
收敛了它全部的笑容

废墟里的风声

花瓶碎在地上
像暗恋的人松开了日久的渴望
又像深井里零碎的月光
沉湎于某种遥远的怀想
或许它并不是被风吹落
而是被内心的词所瓦解

2009 年 3 月 29 日

流水在用童年的月光呼吸

身边的流水在用童年的月光呼吸
一个遥远的人在花朵里吐出叹息
世界是披在这身上温暖的夜色吗
流水里的月亮似寻觅多年的眼睛

一个遥远的人在花朵里吐出叹息
就像多年前一个潜藏已久的阴谋
黑暗在我的四周摩擦，审视
黑暗里那个不动声色的人又是谁

身边的流水在用童年的月光呼吸
远处一只萤火虫在悠悠地，低低地飞
那是有人在提着灯笼找我吗
我是黑暗里那个不动声色的人

废墟里的风声

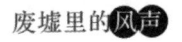

　　一个遥远的人在花朵里吐出叹息
　　似一束火焰令我无法安宁
　　黑暗在我的四周隐隐地摩擦，碰撞
　　像在着力消化我这个不能消化的人

2003 年 7 月 29 日

与蝉对坐

一只蝉趴在对面的树干上

沉默

不飞走,也不怕我

它是这山林里的星座

我是尘嚣飘出的尘末

它用歌唱镀亮寂寞

我从寂寞中提炼生活

它会不会是神话中的蝉娘娘

在我落水时

伸一根稻草托举我

我抓着的稻草

便是千年不朽的诗歌

废墟里的风声

　　它如是一个失落

　　我便把它带回家

　　转过这道弯,爬过那道坡

2000 年 7 月 31 日

神 鸟

远方的苍茫

凝出一滴晶莹

在苍茫的铜镜上滑过

疾如一个瞬间

消失于黑暗的无垠

那是一只绝世的神鸟

有谁知道它来自何方

又将归向何方

它把飞翔当作死亡

它把苍茫升为烛光

绝望一样美丽

死亡一样宁静

神鸟漂浮在水中的一朵云上

孤独是它的光芒

碎瓷一样的风声刮过天际

在太阳的磨盘里浴火的神鸟

它用尖喙啄破黎明

废墟里的风声

火光似瀑布冲天而起

它收敛巨翼

双眸转动宇宙的车轮

天空奔流，神鸟梭巡

它以发人深省的黑横扫寰宇

它盘旋过的地方，天廓玉清

它审视过的地方，滴水成冰

它无视一切地走过

消失于群山的沉默

此刻，天与地浑然一体

它立在沧溟之水的边缘

似一把利剑，寒光高悬

双眸饱含神秘的火粒

穿透来世与前生

2013 年 1 月 10 日

子 夜

乌鸦的贼嘴啄食了

一颗颗星星的米粒

开始收拢巨翼盹睡

不忘把月亮掖在腋窝里

地球似一滴墨水

在如漆的宇宙里飞奔

千万别让瞎撞的星球撞碎

山是一片微微掀动的羽毛

海是一滴苍茫的泪

唯剩的光线都向它藏匿

风失去了翅膀

在最原始的密林里

找不到往日的踪迹

只好仄身在草叶的呼吸里

低低地呜泣

1999 年

废墟里的风声

像影子一样活着

三月的风有点滚烫,有点微凉
吹着他的咳嗽,吹着他的向往
生活是卡在喉咙里的一块糖
在幽幽的仄道滴着幽幽的光
不时使你憋气,使你发慌

走着的新安大道灯光如河
一个天涯孤旅的浪子
只能像影子一样活着
他扛着穷途,驮着山河
忧郁的眼睛有着华贵的寂寞

2009 年 3 月 27 日

秋净沙

天空之下

大道之上

西风之中

一只乌鸦稳稳立在高枝上

风吹不动它

阳光没有落在它身上

沉沉影子如铁锤击落

反射内心孤独的光芒

太阳似一枚熟透的果子

从一棵树上缓缓坠落

一个披着五百年风尘的诗人

抖出三千丈白发接着

小桥空寂

流水跃动

炊烟下谁的背影轻晃

好像月光下的脸

闪着泪光

废墟里的风声

树上的藤枯了

树上的叶黄了

树下的马瘦了

天涯无语

沉默了几千年

还将沉默几万年?

时光似一口深井

深不过鸦的眸子里

那一点黑漆

2000 年

废弃的车站

我是一座废弃的车站

在昔日红尘的路旁

我什么时候苍老

什么时候被世界遗弃

我已模糊得想不起自己

时代的列车一闪而过

没有一个旅客看清我

我如荒原中一座冷落的庙宇

生不出一缕香烟

来生动这古老的荒原

昔日的喧嚣结为一只蜘蛛

网在时间的寂寞里

远去的车轮

还在我心中隐约地轰鸣

废墟里的风声

也许多年后

在一个寂静的大风雪之夜

孤独的荒原出现一个孤独的人

他突然惊异于

我瞬间出现的绝世之美

2000年8月3日

风声雨声消失了,流水在响

半夜

窗外密集的风声、雨声

像有千万个孩子在奔跑

曾有多少个夜晚

我像一滴迅疾的雨点

在密集的风声、雨声中

奔跑,呼喊,撞击大地

而后什么也没有

要是一株植物

在承受风雨鞭打的同时

也接纳了幸福

而太多的屈辱

压得我抬不起头

是谁在喊:

"我本是一滴雨

晶莹,剔透

却如此的狼藉,不堪

废墟里的风声

——原来正经过人间"

此时,正是子夜时分

时间清澈透明

风声、雨声都已消失了

唯有流水在响

就像黑夜从心上踏过

留下了月亮

2005 年 5 月 8 日

窗外的鸣虫

这么多年，我感到
只有窗外的鸣虫一直在伴随着我
不管我贫穷，不管我失落
不管我从家乡到异乡几万里颠簸

推开窗，在隙光中看到一粒浮尘
它是另一个我
经年没有一个恒定的运行轨道
居无定所

唯有窗外的鸣虫是恒定的
在墙角不知名的缝隙诗意地栖居
不停歇地招鸣明净的月光
使我枯燥的生活浸生几缕绿意

如果一个人是一片风声
我愿是风声中一株青草的灵魂
鸣虫则是青草终生的知音
那么多人以呼啸的方式行过大地
我只穴居心灵的一隅，独自幽鸣

废墟里的风声

一只鸣虫是多么弱小啊

你跺脚，它噤声；你倾听，它鸣吟

它简单得似蝉翼一般

却让人感受到无限富足，无限幸福

2009 年 4 月 26 日

身在原处

路似流水,在远方泄出光
又一波一波在身后消逝
那么多流水,漂过去了
而我身在原处

我身处之地,正在修路
路上铺着尚未夯实的碎石
路陡似梯,我反复滑行
亦复归原处

身边一绝壁
为开路裂去半体,垂垂欲倾
顶上一树,似腾空之烈马
又似黑雕,敛庞大寂静于胸腹
蓄势待发

那岩壁,那树
似倒插之剑悬孤危于空中
内心都有呼之欲出的闪电

2009年5月10日

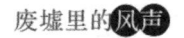

这些年

这些年我在寂寞里

雕刻废墟里的风声

风声反把我雕成一面悬崖

十年前的河流倒流回来

沿着一片阴影呼吸

腹内的诗书

早已吐不出锦绣华年

也许，只有足够的奔跑

才能划出一线天光

奔跑，奔跑

请割下三千丈白发

奔跑，奔跑

我已漂在天涯

2011 年 8 月 25 日

秋暮下的旷野

天上的浮云，飘若木板床上的旧瘢

秋暮下的旷野似一个人内心的荒凉

骨棱的树干如一条格言被西风洗亮

他对秋天有愧，不胜万物之微

秋风荡后的委屈，像满月盈上牛羊的眼眶

比道路更漫长的只有钟声

炊烟把它收拢，悠闲地摇着尾鳍

草垛是谁前世里丢弃的一只斗笠

飘曳曳的，它在等待谁

繁华似梦风吹过，星星只记得亘古的寂寞

虫吟如笙，明月如诉

骨头里铮铮作响的沉默，只有嘴唇嚅动

夜是一枚坚果，萧瑟的是楚歌

风吹过他，似吹过绝壁

没有落叶，没有鸟影

他是前朝乍现的隐身人

被风刮出尖利的哨音，最初的灵魂

2007年3月8日

废墟里的风声

我的记忆

像躲避瘟疫似的我躲避我的记忆
可它似一条影子紧紧地把我跟随
尤在你孤独无助时
它蛇一样冷飕飕地爬上你的脊背

为了逃避,我拐进小巷隐入山林
远离家乡,去陌生的地方
可它还是像一个未探先知的鬼魂
在寂静的深夜突然敲击我的门窗
不请而入,坐在写字台和桌上
狰狞地发出阴冷的嘲笑声

它在嘲笑我的过去
我的过去太愚蠢太怯弱
并且犯有不堪回首的错
更有数不清的欺骗、凌辱与折磨
像苦海水一样随时把我连顶淹没

生活本如烙印一样沉重

记忆偏似条紧叮的血吸虫

令你稍安的灵魂隐隐作痛

我祈祷时间,用沉沙把它掩埋

不料一夜之间它又冒出了新芽

我求助于工作,用冗繁把它挤压死

它却隐蔽在一个神秘的角落

冒出缕缕烟雾,撩拨你仇恨的情绪

我用烟烧,用酒浇,它只回避一时

过后像一根越来越长的绳索

把我的思想和自由困缚

一个人的心到底要沉沦多久才能到底

他无选择,我祈求上帝:

"主啊,把所有的苦难对着我撞击吧

我宁愿被撞得粉碎

碎成没有灵魂的灰尘,让根吮吸干净"

上帝用宽厚的手掌抚摸我:

"呵,我可怜的孩子!这是你的炼狱

你要想逃避,除非去变成僵尸"

1999 年 8 月

废墟里的风声

人行天桥

让秋天多一份安静
身边这座繁华灯火中的城市
与我一样，在风中一忍再忍

脚下车流滚滚，而多少人背着蜗居
像蜗牛一样爬行，我想起昨日晚报里
一朵飘落的红尘
她言不由衷的笑曾在多少人身上飘零

让秋天多一份安静
在身体的缝隙接受命运缓慢的痛
有谁想到尘嚣背后巨大的虚空与寒冷

十五年前，我在桥上做贼似的摆摊
小小的生计被城管剔刮得荡然无存
十五年后，风依然吹着我陡峭的孤独
世事苍茫里
多少人用廉价的青春营建别人的梦想
却撑不起自己小小的愿望

让秋天多一份安静

今夜绿过的小草是你醒过的亲人

它们跟我一样，怀抱纯净的黑暗

手持萤火的灯盏

2009 年 8 月 23 日

废墟里的风声

像海一样辽阔

水选择向低处,才造成了海
像海一样辽阔
什么都会像风一样轻轻吹过

人是苦难沉淀的一粒盐
在海的辽阔中消解一切
那么多令你无法想象的灵魂
在一起自由地奔跑,自由地燃烧
火焰吹绿了空中的草原

像海一样辽阔
看吧
海在自己把自己澄清
海在收敛起一切阴影
万里银光似悲伤洗涤后的神韵
太阳正从沉船的深渊缓缓升起

撞击我吧,海
波澜既起,就如你一样汹涌澎湃
把经年的沉痛、屈辱卷起千堆雪

辑一 死水微澜

似海啸，千层积虑在万丈狂涛中

灰飞烟灭

像海一样辽阔，明镜高悬

千里波涛正在寂寞中沉静

在沉静中低语

我似千年生出的一缕帆影

缓缓踏过群星蔚蓝的安眠

2009 年 9 月 14 日

废墟里的风声

海边的僧侣

有一种破碎的声音,能抚慰人心
他踩着碎音缓慢地行走
天空干净温柔
令一个轻于鸿毛的人,抬不起头

繁星滴落,众生之水
生而平等,落而不等,大海也端不平
漫无边际的海边,他双手合十
孤独的背影盖过茫茫落日
落日像一匹黑马,细嚼着海草与波浪
万物被落日送至无穷的苍茫

大海穿过落日针眼里的寂静
大风在吹,万物轮回
黑暗的巨流洗亮大海里的一根针
有人弯下腰来
拾走遗落在贝壳里的呜咽与火苗

海水退去的寂静有着更大的疯狂
他平敛的额光也曾开出倾世桃花

"只要有机可乘，人人都是丑恶的"
时间埋过头顶
他用一生消化着少年的阴影与不幸
而把满脸的皱斑转化为雨点和星辰

天空与大海，都有一个弯腰的弧度
忍受得不能忍受你还得继续再忍受
影子从来就是侧着身子取暖
一如零丁洋的海水日夜在远处喧响

2023 年 2 月 19 日

孤独被大海掀翻

大海，此时我站在你的悬崖上
看你的湍流，看你的漩涡，看你翻着舌头
被卷进阴森的溶洞，寒意沁生，悚然可怖

大疯如癫
你如一头藏獒张牙舞爪，抖动
浑身的铁链，对着天空对着流云对着自己
咆哮，没来由地咆哮，无休止地咆哮
想咳出咽下的血，生吞的钢铁
大癫如痴
你散开头发，伸手伸脚抱着蓝天
睡觉，你也有了天的颜色
你弯起葡萄须，拱起落日之桥
一只飞鸟正从落日的圆孔钻出

浩浩汤汤，衔山吐月，铺天盖地又若有若无
空空荡荡，我却看到漂满了石头
自由无边，却漂着大海一样无边的忧愁
九万面镜子在波浪中伸出拳头
万古滔滔起伏着太平洋也不能想象的想象力

你舒展悠长的手臂，把一切的一切弹为乌有

宛如千军万马挟着雷霆轰然而至
海在愤怒里茁壮，狂怒的岩群从眉峰宕起
揪起乌云撞向岩壁，挥起闪电抽打自己
你的孤独被大海掀翻，你的羊群被大海驱赶
她比大海还要拒绝沸腾
柔软的大海却在她的嘴唇上汹涌

2023 年 10 月 27 日

废墟里的风声

把往昔还给大海

把往昔还给大海,把太阳端进未来

趁着秋风吹去了天空

大雁还没有归来

再多的雨水涤荡不净心头的尘埃

再沉的阴影禁锢不住自由的情怀

把往昔还给大海,让大海蒸出云彩

把云留给世界,把道路留给自己

十万匹春风留不住时光的沉重

十万亩星星填不完希望的歌颂

群山淹没的背影撞响远方的晚钟

把云留给世界

陡峭的峡谷将漾溢绝世的温柔

把鸟留给人类,把石头留给自己

寂寞的幽径有寂寞的虫鸣

崇高的天空有崇高的星辰

你碎裂的脚印里有歌声

把石头留给自己

月光会把它擦拭成星辰

黎明的曙光，你心里的血

光辉的未来携带屈辱的雷电

你，一只直立行走的酒杯

献出了所有的香气和醉

唯留下虚空给自己

汹涌的潮汐自心底缓缓升起

将倾覆你所有的梦想与往昔

2005 年 12 月 13 日

辑一 死水微澜

废墟里的风声

月光下的海洋

大海在用波浪释放月光

羽毛一样轻的月光飘散在海上

她在海上的波涛中微笑

像一轮明月被黑暗托起

波光粼粼的水面似她细碎的流年

大地上的灰尘飘落在远方之远

浩浩的长风吹拂她渺渺的长发

吹拂她的过往

如一个哑孩子在领受黑暗的颂歌

她是她自己的波浪与月光

2011 年 8 月 21 日

黎 明

伟大的黑暗，崇高的星辰

死亡的沉默，和平的梦境

历史的巨轮碾过神秘

标志一个时代即将结束

一个时代就要诞生

月亮，神的统治者

开始收敛起思想

躬退到幕后，重新测量

群山晃动，微波低语

露珠从青草的呼吸中醒来

道路是最初的光线

从远方伸来，又向远方伸去

奇迹就在他的拥抱中矗立

谁的梦中开出一朵百合花

似一粒火光，照出世界的背影

大地，一只侧起的耳朵

在谛听暗夜逝去的风声

废墟里的风声

寂静，所有的黑暗沉淀成这一时刻
如亿万颗心跳屏息于雷霆
是谁吐气如兰，花儿睁开了眼睛
如门吱呀一声，敞开赶早人的心灵
一线灯光漏如咳嗽，被雾裹紧

浓密里冒出一缕微风
掀动一只鸟的羽毛
叶尖上滚落一滴呢喃
灵魂之谷溅出隐隐的回声
蓦地一对翅膀似箭射向想象
照着天空扇响两个耳光
如海爆出一个巨浪
光如水上升，又如水下降
云松开手指，倾泻从水里
兜来的纯净，洗亮窗子

太阳端着一杯创造，一杯喧嚣
如端着大海
从时间的祝福里微笑着走来

2000 年

墓碑上的蝴蝶

矮矮的墓碑上立着一只蝴蝶

似阳光下一个缩拢的黑夜

刻着星星的斑纹

它是一朵花的鬼魂

空旷的天底下,它是孤单的

天空不动,它羽翼不动

像一滴泪嗅不到忧伤的归途

它是幸福过的

沉默里含着群山的心跳与

太阳的蹄声

像春天里的一片阴影

模糊了来自天堂的低唤与浅吟

它的愿望是轻的

比风在黑暗中踏过落叶还轻

它的背影是深的,深深地

抵住了天空的虚空与寂静

2000 年 8 月 3 日

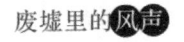

蝉　雨

蝉坐在秋天的一棵高树上筛米
一粒粒都是披着阴影远去的人
它把黄昏筛成细雨
把秋天筛成一件薄似蝉翼的睡衣
缓缓罩住我的睡眠

忽然，有人从窗外喊我
从绵密的蝉雨深处
从三十年前的一个黄昏
那时我还小，不过四五岁
大人都出工了
母亲生怕我在外溺水
把我一个人锁在屋里
这源于我婶娘死了
巫师说还有一个小孩丢了魂

我一个人在雨点般的蝉鸣里
捶门，呼叫，哭喊
看着从门缝侧身进来的阴影
沿着斑驳的土墙一点点地移动

母亲不曾料到

那种孤单的阴影笼罩了我一生

      2012 年 1 月 7 日

辑一 死水微澜

喜 鹊

喜鹊，喜鹊
喜鹊的名字是不是一个谎言

那是凌晨，一九九七新年第一天
一只喜鹊越过太阳
仿佛一个花园降落到我的门前
双眸如虹，升起我心灵的火焰

那是一九九七年，我历经毁灭
我不相信春天的使者没有预言

我是太阳的那个黑点
还要被风吹一万年？
喜鹊，喜鹊
你是远方山顶的一片雪

2000 年 10 月 17 日

钉　子

命运空无一物，除了揳入骨头的一枚枚钉子
走在宝安大道，阳光有种铁钉上的锈迹味道
国庆节回了老家，沿着土墙给老爹搭电线
有枚钉子还没碰它就跌落了，像一枚缺牙
它一生毫不起眼
但让蓑衣、斗笠、耙钩、麻袋找到了落脚点

一些光留在了它停驻过的事物
一些光沉陷在比锈迹还深的阴影里
一些人与你相逢，像暗夜游来的灯笼
一些人则成了深嵌你体内的钉子，一生隐痛
有时你脑海里蓦然现出这样一个人
他像影子一样阴暗，又像影子一样自然
他对自己以往的龌龊仿佛浑然不觉
而当他病危、儿子上不起大学
你又不得不忍着痛对他施舍怜悯

有时你在书房跷着二郎腿，纠缠于陈年烂事
"老同学，我弟弟开煤矿，请你帮个忙
借两万元周转，只要两个月"

废墟里的风声

你慷慨相助了
可那两万元一拖就是十年
"吃一堑,长一智",你长的是钉子

时间的长河会有瞬间的浪花骤然把你照亮
那双清澈的眼睛曾给你带来了雨水与种子
但你心高气傲,莽撞无知
一个误会竟令你挥手兹去
事后你才想起她的好,肠子也悔青了
夜空是无罪的,但它身上钉满了钉子
你一个人在天涯落日般行走
像钉着十字架的耶稣

2018 年 3 月 19 日

孤独的雨伞

雨后的清凉拂不去午夜的醉意
一个人撑着雨伞在街上蹉跎
对面人山人海的小吃街传来
一阵阵空寂
他想起少年时代与一个高中同学
在暴雨如注中踩着单车疯行,大笑
享受落汤鸡的快乐

昨夜,上楼阳台晾衣服的水滴
敲打他的雨篷,敲打他的睡意
他头发凌乱地起来写诗,拍蚊子
吐一地烟头,走进月亮的山谷

有时他站在江边,静默如流水
头上那朵云,来自故乡父亲的坟头
它飘过两千里,停泊在他的头顶
为让他莫忘仰望苍穹,凝视星空

废墟里的风声

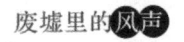

人都是硬着头皮撑日子

夜是一剂深邃的麻醉药

他撑着雨伞卷进暮色

像林冲消失在越下越紧的风雪中

2023 年 11 月 20 日

独坐苍茫

万物都在生长

独坐苍茫的人

在把自己沦为荒芜

他体内埋着一场大雪的呼吸

与万物的呼喊纠缠在一起

风在碾磨着麦子

月亮浮动着高贵的亡魂

有几分雪意

独坐苍茫的人

在把自己沦为荒芜

他将一切荣耀归为万有之无

2012 年 3 月 27 日

吆 喝

在旷野
我的寂寞对着苍穹撞响

在囚室
我的自由被墙撞成苍茫

2000 年

空 山

那一地诗的月光

令我心驰神往

那恍若隔世的盛唐

令我心怀感伤

空谷的鸟影把我惊醒

我是一枚缓缓坠落的松针

流泉

请用你的清波将我埋藏

2005 年 5 月 8 日

废墟里的风声

松树下

云光里的蓝色一定很静
夕光下的树影一定很轻

沉默是石,不是金
松树下那个抱石而眠的人
枕着史前的寂寞
睡过了魏晋

荒唐人去说荒唐事
他在宋朝翻了一个身
坐在清朝的云朵上
听百丈下的流水泠泠作响

2023 年 10 月 28 日

磨 牙

半夜
门外传来钥匙在锁孔转动的声音
仿佛两千里外茫茫雪地上
踩失的脚印，摸回了雨夜的柴门

似一个女人在磨牙，他骤然惊起
懵懵懂懂，趿鞋去关水滴
却碰翻了水桶，撞着了墙壁
他想摸回床
灵魂已站到了第三十七层的窗台上
世界像个盖子，在他的头顶旋转
他在铁屋子里打孔，安命于深渊

2013 年 5 月 20 日

废墟里的风声

胡同

生活

把你逼进了漆黑的死胡同

干脆就把自己当作夜晚

寂寞会使你变得空洞无际

百年后

会有一只蟋蟀在石板下吟唱

孤独化为一片月光

2001 年 3 月 12 日

邂 逅

一线曙光撞痛了我的腰

一个陌生女子痴痴地暗笑

晨光甩出一道秀发

我梦也梦不到它

海光里闪烁一座岛

原是头顶飞过的一只鸟

我是盲人骑瞎马

她袭出香气把马匹劫杀

2005 年 12 月 15 日

蜗　居

水龙头上的漏滴

一滴滴进另一滴

像黑暗吐出我

没有一点回声

飞蛾一次次撞在玻璃上

至死也不知那是一堵墙

煤气孔溜进来的风

被沉默钉死在墙上

烟星上袅袅上升的灵魂

弥散春天的阴影

蜗居在阴影里的人

在寂静中倾听黑暗

在黑暗中倾听寂静

　　　　　　　　　　2009 年 3 月 15 日

有只夜猫叫

不知为什么
有只猫老在后半夜叫
就在窗外的弄子里叫
烂棉絮一样叫,心烦气躁地叫
对着墙叫对着树叫,对着天空叫
对着影子叫,对着它自己叫
叫声越来越难听,却越来越起劲
像小孩夜哭,像冤魂哀号
它没心没肺地叫,撕心裂肺地叫
叫得令人心寒,令人心碎

它似无家可归,它似叫得有理
它的孤独似恒河的落日灌满了沙子
它的情欲却像皇帝,眼里漏出金币
拎出你的梦,衔一把锯子锯床的腿

2023 年 10 月 22 日

废墟里的风声

遥远的城

遥远的城,一只孤独的酒杯
一头豹子在将一言难尽的大地啜饮

春天打痛了我的眼睛
城市献出昂贵的布匹

古老的城堡住着众多的囚徒
一起喝酒,比画,愤世嫉俗

白发三千的先人在城墙下抠着草根
草根里的火焰等着他来吹醒

面前的河流缓缓无声
端着他的影子归向无垠

豹子在孤城里发出低吟
弥散的祥光在我们头顶

2005 年

啃烧饼

一辆接一辆的车

在天桥下奔流

口袋里只有半截烧饼

半瓶水的人

坐在天桥上

咬一口烧饼

喝一口水

他把烧饼嚼成诗

从李白熬成杜甫

斜阳轻描淡写，扫过

他秋风萧瑟的头颅

        2023 年 11 月 19 日

废墟里的风声

归　人

枯黄的路灯

照着一个两鬓霜白的人

愣愣的影子

似他碌碌无为的一生

那么多年

行走在屈辱的刀刃上

好不容易漂回到家乡

他却像个躲债的人

2014 年 5 月 1 日

破 戒

大雪封山
一径若痕
有一个人
云淡风轻

破庙吟风
遗世独立
一只白虎
踩过屋顶
额上开出
倾世桃花

我想要的
休想躲过
他拎刀逐宝
浪迹天涯

废墟里的风声

落日似狐狸

时光如流水

他愈行愈远

背上的弯刀

似空山冷月

铺满了大雪

2020年8月9日

读 信

一只不知名的鸟儿
衔来一朵云
徐徐落在我的掌心

那朵轻于鸿毛的云曾被羊群踩伤
一头牦牛饮水,鼻孔喷出的热气
吹起了它的光芒

那是山涧飘出的一朵寂寞
曾在我的一首诗里投影
它把千言万语绿在群山的嘴角
在我面前保持万语千言的沉默

它降落这里,飞越了千山万水
我却不能给它带来雨水与安慰
我也是个轻于鸿毛的人
我们只有一起飞

废墟里的风声

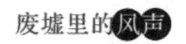

远方再远,我们心怀热雪

就做一朵云吧

在斗转星移间收拢人间的泪水

丝丝缕缕,洗濯人间

2023 年 7 月 5 日

小雨敲窗

今日小雨敲窗,似有故人探访
世事氤氲,我早已成了孤家寡人
不远千里而来
莫不是前朝的张继与唐寅兄台吗

张继兄,你才华横溢却赶考落第
闷闷然,摇一叶扁舟于江中飘摇
至姑苏,江枫与渔火对照
你郁志难伸,前程渺渺
挥笔题下《枫桥夜泊》
而后投军,客死异乡
"旅榇寄天涯"

唐寅兄,羡慕你的自由,放浪形骸
更羡你时光的刹那,秋香回眸三笑
你十六岁府试第一,却遭诬陷下狱
而你谈笑依旧,"摘得桃花换酒钱"
兄台,兄台,你落拓不羁,似疯似癫
笔走龙蛇,睥睨王侯,却性情如钰
一脉秋香绕冢:"行也思君,坐也思君"

废墟里的风声

来来，两位兄台，坐，请坐，请上座

光临寒舍，请莫嘲笑小弟的寒酸

前日沽来的半斤浊酒，早已滴入愁肠

天涯孤旅，我孤身飘飘，吃喝叫外卖

且以矿泉水为茶，莫怪，莫怪

斗转星移，我剩二页诗稿，请兄细品

任小雨淅沥，把黄昏踩出黎明的味道

2023 年 8 月 13 日

春风吹又吹

春风吹又吹,但春风不乱吹

就像河边那一株娇羞的翠柳

不荡漾就真对不起自己

踩着水晶鞋的风,你想怎么吹就怎么吹

就像河边的少女,她想怎么美就怎么美

青斗笠,绿蓑衣,春风十里不须归

不归就是拉得脸,低得下,受得气

坐有坐相站有站相

蓝蓝的天空飘飘荡荡

树旁站头牛有尾不露头

一个少年在树荫下用牙咬开一瓶啤酒

2023 年 7 月 23 日

踏沙行

天空像刀刃一样发蓝

明月漫过千山

青衫磊落踏沙行

伸手接白云

麦浪翻悲喜

峰回路转碧箫吟

山舞水也歌

披蕨斩荆棘

鲜衣怒马风雷激

魑魅魍魉罩红尘

黑衣侠快马加鞭

抽落荒径上瑟瑟的寒星

帐内一人独酌

四面刀戟声起

万里血染的江山

不过眉间一缕清荷的余影

他端起满杯乡愁一饮而尽

吞下的原是生死的滋味

千金散尽易水寒

一把剑磨着他身上的空山

一路轻狂，似痴也似癫

一生荒唐，无心亦无情

一叶扁舟隐江湖

他抠出口中的落日

2021 年元旦

马头琴

暮色苍茫的屋顶野花一片
不死的灵魂骑着死马的枯骨
返回草原
银河倒挂,磨刀石如冰
磷光闪闪的马骨挤满受洗的蚁群

不死的灵魂用断头敲响沉钟
苍郁的群山掖不住悲伤的狂野
山河滚烫,流星在飞
乌鸦落在山岗,英雄降于草棚
大鲸把万丈狂飙含在口中

2024 年 6 月 25 日

小　寒

一只蚂蚱扛着自己一条腿
靠在狗尾巴上蹭痒

一只蚂蚁悠在一根草尖上
垂钓牛蹄窝里的夕阳

一只瓢虫驮着星空
翻出落叶的声响

一个夜行人零件磨损
像把孤剑闪着寒光

2023 年 11 月 6 日

废墟里的风声

静夜思

花香是星星失眠的语言

大地在睡梦里缩成一枚闪闪的土豆

空旷的犬吠，衔来几丝悠远的乡愁

一只白鹭划过窗前池塘的阴影

悬崖像从黑暗里伸出的探照灯

他翻卧在床上

如一具在万劫之火中熊熊而燃的竖琴

2024 年 7 月 18 日

荷尔德林

日历一页页藏满了刀
荷尔德林在格子间徘徊
他仿佛听到
地狱传来的烦躁与咳嗽

他神情恍惚
站在巴黎公园的神话雕像前
喃喃自语
他没有房子，没有声名
却有着为一种不可见的东西
毁掉自身的决心

荷尔德林，百年后
你在遥远的彼岸有了知音
他也心甘情愿，倾其所有
追逐一种没有意义的幻影
铁锈般的瘀痕，油漆般的羞愧
使他成为沼泽之兽

废墟里的风声

他在诗歌里沦陷，突围

抽着最劣质的香烟写诗

他遭人排挤，受人嫉妒

茫然无措地失去

他在寂寞里干得最漂亮的

就是拍蚊子

给夜一个响亮的耳光

如以沉钟敲响落日

2024 年 7 月 18 日

灵芝公园

风把叶子吹低，叶子在低处起飞
空悬的孤枝滴出一个蔚蓝的少女
她来自《清明上河图》幽林的泉水
风吹过她耳垂细细的银坠

在祖国辽阔的土地上他被命运流放
乌云堆积，塔吊在搬运身体的块垒
雷电轰鸣，那被掠夺的任凭怎样努力
也争取不回
只能用承接雷电的双手抱紧内心的崩溃
你用星星的睫毛掸落他满身的锈迹

像白云坐在天上，像石头坐进流水
你们坐在青草地，听河畔迭起阵阵虫鸣
那晚的夜空高出所有的梦想
你如柳叶飞扬，飞如叶上那流动的月光

2018 年 4 月 28 日

废墟里的风声

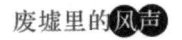

上午茶

清风衔一朵浪花

把马鞍山贴在窗玻璃上

窗外的竹专注着身子

太阳的礼帽落进茶杯

这杯水曾是天上的虬枝

存在，即自由

几点碎茶在沸水中解剖自己

她走过的幽香将垂向幽暗的下午

只有石头有死亡一样的耐心

寂静里细数时间泛起的波纹

2018年4月29日

百丈瀑

有种什么样的力量在吸引

这千仞之壶，这醍醐之水

这来自命运头顶的波光

千回百转，源远流长

像花朵赶赴万丈落英的盛宴

逶迤的山脉抖动全身的月光

在尘世

有谁将日子过得行云流水

百丈瀑，我多想像你一样

被时光流放

在悬崖任豪情击落

将胸中的万千块垒

撞向群山

波光流转，一往无前

我不再追寻梦里的桃花源

就让这万丈狂瀑

把我撞得粉碎吧

撞成光，撞成影

废墟里的风声

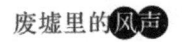

撞成蔚蓝与青翠

多年后
我会在万亩绿丛中醒来
蝴蝶落满全身
风吹过我弯曲的身体
根须一样轻

2014 年 5 月 2 日

踏遍青山

悠悠的白云在永远诉说一个未完的故事
我们不属于群星只属于对岸遥遥的群山

远远走动的人影仿佛前世晃荡出来的寂静
你望见了一个从战国时代走来的女人
她发出了唐朝的笑声

站在自己的悬崖上，星辰在雕刻着群山
月亮像气球挂在山凹
有人恨不得就抢过来，一口水咽下肚去
你荡如一枚顽石
任风把一切吹向新生，又吹向乌有

踏遍青山，你追着资江落日的影子
飘过河伯岭，荡过岳麓山，爬过苏轼谪放
岭南时爬过的南山，拴在南海角的梧桐山
父亲与母亲都已沉入了大地
你像一粒星光吹进了黑漆漆的悬棺
被体内的黑暗焚烧，又被头顶的雪山照耀

2024 年 6 月 28 日

辑二

流泉微翠

废墟里的风声

泉

深受重埋而自洁自爱

历经坎坷而不失纯真

泉,你本质的光芒

会令所有的邪恶战栗

没有瀑布一泻而成绝唱的壮举

没有湖泊摄千里风光

而不露声色的谦虚

甚至有人讥诮你平淡,生不起波澜

你都不在乎,一路笑谈穿越沟壑

不卑不亢把寂寞酝酿成希望的歌

你的明眸不会因四时的变化

荡漾一涟漪的忧郁与愁思

心灵清澈得掩藏不住一丝虚伪

曾经满身伤痕

依然以娓娓动听的语言

打开小草一个又一个梦想

纵然孤悬一线于茫茫雪地

不懈以温热的心跳叩响春天的门扉

辑二 流泉微翠

在生生不息的生命流程里

你不仇恨，不嫉妒

更不恣意地奢求与索取

你只钟情地热爱着大自然

耿耿地，不知疲倦地

将来之不易的生命汁液

送给那干焦的唇，饥渴的心

与急需养料的土地及根须

默默地将自己的一腔深情

灌注成闪着金光的秋季

泉，苍茫大地上不朽的精魂

你一辈子奔走在路上

即使在沙漠里瘦成一脉秋水

也永远这么平静，这么执着

充满母亲般的期待与温存

2000 年 1 月 1 日

废墟里的风声

港

水面上悄悄泛起了花开的声音

你用黎明般温润的手轻轻掸去

船儿昨日的风尘

让它们振奋如一只只展翅的鸟

融入大海的蔚蓝与澄净

水面上悄悄泛起了风速的声音

你用心贴紧大海的脉搏

倾情地眺望浪涛深处的帆影

月亮蜷曲着脖子浮在水面

像一只休憩的大白鹅

船儿似一颗颗星星

翔集在你的臂弯里

闪烁着迷人的梦

唯有你还紧盯着灯塔的眼睛

等待远处忽明忽暗的渔火

在这里，大海静如一只摇篮

风宛如母亲一样深情

轻轻将船下的每一片阴影

摇曳出醉人的梦幻与安宁

遥远的海啸和骇人的风暴

都消逝于远去的风声

谁的心中月光一样明亮

双耳嘀嗒芬芳的呢语

2000 年 5 月 18 日

废墟里的风声

冰

水的骨头在凛寒中铸成
曾经的溷浊也反射出冷清
冷是水的本真
没有结过冰的水不能称之为水

悬崖边上顿住脚步的野马
它扫视过的巉岩滴水成冰
西风把群山削去鸟迹
冰河把光明敛在内心

冰在暗夜不声不响地结成
以一种透骨的寒逼人反省
就如孤松抚摸一圈圈年轮
在黑暗中倾听燃烧的马群

冰是孤独中绝望的火焰
它以碰撞、崩裂、自毁
来创造春天
没有结过冰的世界会滋生害虫

2002 年 1 月 21 日

乌　鸦

一块被尘俗的眼光吸干了雨水的乌云

在飞

从不随便栖止，风刃上筑巢，独然而往

与黄昏似有一个潜在的约定

吐语成珠的是鸟

乌鸦，不是鸟的鸟

羽毛带着寒光，蓦然开口

便给心灵以颤乱，并刺出血来

故步自封的生活有时会积成一潭死水

唯有乌鸦以叛逆的语言带来某种神谶

它似一个噩梦碾过村庄的上空

并垂下阴影，暗含摧毁

乌鸦似一块补丁

落在哪里都显得极不相称

但它显示漏洞

风就从漏洞倾注而入，带来颠覆与前进

2002 年 11 月 6 日

梅

一身的剑气,骤然照亮天宇

有谁听到梅花叮当作响的镣铐声

它瘦骨嶙峋,疏影横斜

却高举越狱的火焰

将寒凝的大地从噩梦中蜇醒

西风将满园的青色挥霍殆尽

并以彻骨的寒令万物噤声

唯有梅满怀侠义,傲世独立

它宁折不弯的气度

令众生获得了心灵的钙质

在痴迷蜂围蝶舞的时代

铮铮铁骨的梅被斥为异类

酒楼里的艳歌

是衮衮诸公冬天的罩衣

梅只能以自己的花朵为盅

斟满的竟全是人间的苦水

雨枯石渴,雷只在云端干咳

梅唯一的选择是燃烧自己

寂寞的世界游有暗香一缕

在孤独里忍耐

在寂寞里等待

春天就在它的注视里微笑着走来

2002年2月7日

废墟里的风声

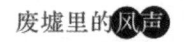

麻 雀

谁也不会想到

弱势的麻雀曾陷于一场政治

它被迫将自己有限的天空

让给纷飞的蝗虫

而当瑞雪横飞,百鸟匿迹

只有麻雀在跳动冬天

麻雀吵吵纷纷,其实与世无争

那么多的浮躁、饥饿与孤闷

需要一定程度的解释

没有麻雀的岁月意味有血腥

麻雀的叫声不是歌,但赢得了快乐

麻雀不曾拥有崇高,但享受着平凡

它一生如此简单

却是乡村抽不掉的安慰

那些荒凉的眼睛呀

麻雀为你们洒出了点点雨水

2007年6月7日

脸 谱

面具是生活必要时的盾牌

完全拒绝也是人生的病态

童年千万张脸是一张脸

成年一张脸是千万张脸

脸谱是一个人行走的太阳系

像一粒盐在海里灿烂地奔跑

因为它有一张水的脸

暗礁曾使万吨豪轮折戟沉沙

没想到被蚝蛎弄得鸡皮疙瘩

老虎屁股哪个敢摸

却是蚊子安全的窝

面对生活搬不动的阴影

我们不妨做蚝蛎做蚊子

一个人从山脚走到山顶

还是同一个人吗

不，风吹山顶的那张脸

是结满智慧与沧桑的盐

2013 年 3 月 20 日

废墟里的风声

山 溪

敞亮心境，明月与你同行

清贫如洗，怀中粒粒卵石

却如穿戴整洁的星辰

你一脉温情穿越沟壑

踏平坎坷，唱一支欢快的歌

童年我在溪里嬉戏，无忧无虑

今天站在溪畔，愧对你的清澈

屈辱挥之不去，仇恨如影随形

我有天使的良知

又有魔鬼的心结

人有多少英雄豪气

经得几番雨打风吹

我们多么需要遗忘

时间老把记忆划伤

我愿是飘落水面的一枚落叶

任你把我带向何方

又在你的怀中埋藏

2018 年 3 月 31 日

煤

吹不熄的黑夜

淘不尽的火焰

有谁默念过一块响当当的煤

你的年轮沉淀着恐龙的足迹

你的断层回荡着虎啸与鸟鸣

冰川纪你身披茫茫大雪

蹲守一亿八千万年

没人知道你与谁相约

吹不熄的海水

经久不息的记忆

你熬过了亿万年的黑暗

穿过生硬的铁锹与电探

终于成了我墙角的一块煤

废墟里的风声

今晚,为我烧一壶洗脸水

你毫不迟疑

将一生的荣与辱,爱与憎

朽与奇,沉与寂

都付之一瞬

2008年8月24日

远 山

另一种形式的海

卷出的一抹枫红

是一朵浪花还是一枚贝壳

它向天空跳跃,跳跃

似一个人在月亮的背后

眨动星星的睫毛

一条纤细得看不见的山径

牵着一只船

在波涛中忽隐忽现

一缕白帆似从亿万年前袅出

随风瑟瑟,瑟成光,瑟成影

瑟成天空的一片澄明

随风远去的林啸

似哲人蹬蹬的足音

写于 2000 年 7 月 25 日

废墟里的风声

雪　野

一片月光从树上抖落

无声无痕

几棵嶙峋的老松袖着手

打量雪地上的脚印

密林里探幽的风摸出一条路

月亮是山野的猎人

半隐在林梢倾听神秘的动静

蓦地一只鸟影从月光里掠过

惊醒一条小溪

懵懵懂懂似在喃喃自语

银光跃动的水面漂着一枚落叶

落叶的薄梦轻含几点滢滢的雪

2000 年

草 垛

秋天将田野省略了
省略得只留下金黄的头颅
就如天空只剩下云朵
河流现出沙洲

这些在春天里幻想
夏天里飞翔
秋天里现实的植物
生命短促得只有镰刀的弧度
却如大海捧出浪花,暗夜捧出星火

大地的手掌曾将它们握绿
它们将绿一点一滴还给了天空
风雨里一根挤挨着一根
以仅存的一点温度相互问候

秋天弥漫出比死亡还要辽阔的空旷
零落的秋虫从这里找回失落的家乡
春天的夜晚又在这里唱响
孩子们抽草喂牛,抽出了一个客栈

废墟里的**风声**

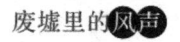

半夜里会藏有月亮

与月亮有约的阿牛早去了远方
爬在草垛上的月亮在把谁守望

1999 年

豌 豆

岁月不经意打出的一枚水漂

土地寂寞深处吐出的呢喃

豌豆,黑夜握在手掌上的秘密

你倚着自己的影子在眺望谁

春风将你的灯盏吹燃又摁灭

你莞笑如昨

吸纳闪电、霹雳

孕吐光芒、黑籽

耐心把每一个日子

在汗水里捏出香气

豌豆的梦想多纯呀

就像一滴露水

它一生的呼吸

都在洁净周边的空气

豌豆安静地一瞥

足以撬起欲望深重的地球

时光的火轮悄然碾过你青春的皱褶

废墟里的风声

怀中的宝石蔚蓝成海洋灿烂的星辰

豌豆,你端着自己的影子在风中

就像月亮端着一盆清水

2002年1月31日

油 菜

谁还会站在春天的门槛暗自神伤

你看那油菜,一簇簇,一群群

披着霜,手拉手

将内心的欢笑、自由

酿成成吨的黄金,一起分享

谁又曾知道

它翠绿的心间

也收敛一缕忧伤的轻烟

生活赐予它的是点点委屈的甜

只是露珠一再将它的心灵删减

删成阳光的女儿

当远方扑来梦里的风

它毫不迟疑

端出自己全部的爱情

风像明月一般吹

吹着油菜骨子里的灰

雨像思念一样下

下着油菜低幽的翠微

废墟里的风声

油菜，油菜
蜻蜓在你的远方点水
蝴蝶在你的额上张起天堂的双翼

2009 年 4 月 1 日

红 薯

红薯的生命永远那么简单而茂盛
三月,母亲与姐姐在堂屋里剪薯藤
把它们插进土里,就会扎根、繁衍
荒寂的土坡演绎成生机勃勃的世界

红薯在黑暗里运行,发掘,寻找
像父亲一样闷不作声
青青的薯叶是活蹦乱跳的小姐妹
它们在阳光下奔跑,风雨中燃烧
把贫瘠的日子过得如此丰盈

红薯是岁月摁在土里的灯盏
默默消化大地上播种者的苦难
所有的阴影都不过是晃眼的风
一家子齐刷刷,密匝匝
一个劲地将绿往前铺
把生活铺成一团柔软的云

废墟里的风声

红薯憨厚的模样是幸福的形态

你看它一脸寂寞,又一眼万里

2009 年 3 月 18 日

丝 瓜

邻家有女初长成

出落成微笑的形状

她沿着一根藤蔓在奔跑

满脸斑纹的老木桩喜滋滋

阳光碰着花的酒杯叮当响

她在绿潭里沐浴月光

日子清贫得似溪水一样清澈

她的脸上却漾满了幸福的光泽

勤俭持家勤为本

蜜蜂是她的意中人

这日，闺密蝴蝶不来

蜻蜓不飞

她独个儿在藤蔓上练花旦

你看她踮着脚丫

走得喜鹊一样美丽

款款而来的春风

一把将她抱入皎洁的门庭

2011 年 8 月 24 日

废墟里的风声

西 瓜

彗星拖着长长的春风照过旷野
旷地的藤蔓里结着绿色的太阳
雨水勤,西瓜不甜
天干,西瓜又不结
老农摸着锄头,把握地里的火候
望着满地憨厚可亲的"地雷"
阳光的微笑悄然爬上
他皱巴、牙豁的嘴角

有西瓜的地方,东风欣然而来
城市像个烤笼,只有西瓜解渴
一场场喜剧从西瓜的身体打开
打开西瓜,你才知道
爱人是怎么笑的,笑得这么甜
捻起一块西瓜,冰泉绕指间
西瓜的身体祖国一样辽阔
西瓜的胸脯耸有迷人的山河

2024 年 6 月 16 日

麻

麻，是一种从自己的伤口长出的植物
它不需红薯、苞谷、瓜类那样一年一种
收割后，只要将根茬留在那里
来年的春天，就会长出红红的叶长长的架

麻似庄稼人起伏的命，有种与生俱来的韧
挑谷的箩索，纳鞋的线，粗布衫，细纱帐
都要用麻
也只有麻才如此经得起磨，耐得住泡
麻似村庄披在身上的黄昏
薄寒，微暖，风捣不散

麻是纺车一生走不完的路，唱不完的歌
唠不完的家常，纺不尽的梦想
夕光里，土墙下，三五围坐，纺线厘麻
炉火跳跃着饭香，母亲眯拢着皱纹
缓缓将岁月悠长的疼痛穿过生活的针眼
那年秋天我上高中，姐姐出嫁
纺车悠悠，旋出母亲细细的白发

废墟里的风声

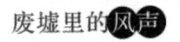

麻,母亲斜过灯火的一缕悠长的体温

父亲拴在命运里一道解不开结的牛绳

2011 年 9 月 18 日

桃花开

桃树的寿命一般不长

结果也不过几年光景

秋天它最早掉光叶子

瘦骨嶙峋

春寒里却最先开出花朵

生命短暂,没有来日方长

只有不辜负当下时光

桃花没有推让,站在风口

一朵咬着一朵地开

一浪推着一浪地开

开得疯,开得野

开得不胜其烦,气喘吁吁

经历使你警惕,未来仿佛回忆

人有时得像这桃花

面对欺辱,捍卫尊严,要有

豁出一切,不怕毁灭的勇气

废墟里的风声

像这桃花，仿佛跟谁有仇

开得不管不顾，飞扬跋扈

由衷地敬佩

2023 年 11 月 5 日

梨花落

春天是被一场雪逼出来的
悬在二十年前的一次心跳
还在期待那个飘雪的黄昏

雪飘落下来了
在春天的一个黄昏
梨花坐在雪的尽头
像一个亡国的美人

梨花芬芳
像她的脸庞
又像她的善良
梨花落下的时候
老虎踩过屋顶

苍山如黛
月光向着月光铺开
月光摩擦碎玉的声音里
坐满安静的众神

2011 年

废墟里的风声

山茶花开了

山茶花开了,多开心呀

露出比爱情还要洁白的牙齿

芬芳的阳光跳上风的翅膀

黎明的少女走在远方的前方

电杆上的乌鸦

黑漆漆的眼睛

眼波闪亮

乌篷船是一粒眨动的美人痣

天上的星星像闪光的沙粒

一颗,两颗,三颗,数也数不清

阿秀的眼中滴出蝉鸣

与羞涩的月光碰在一起

叮叮咚咚,成了山泉的清唱

2024 年 7 月 18 日

木棉花开

清晨,一粒鸟鸣使窗外怦然心动
熹光微微,木棉洋溢亲情的笑容
这些年命运像刀刃一样薄
窗前的木棉如故乡的屋顶罩着我

那年饥寒交迫,有个女孩来看我
她的笑容如木棉的气息
改变了一隅寂寞的山河
她的明眸是我今生不再遇见的海

我们在荔枝林里
蝴蝶一样跃过露水明亮的山坡
我们在木棉树下
看燕子从一棵树追逐到另一棵树
从一片叶子追逐到另一片叶子

有天我在树叶翠绿的叫声中醒来
她却像露珠一样在晨光中消逝
时光似水,落花轻得如叹息
那个木棉一样质厚唇红的女孩

废墟里的风声

被我莫明弄丢了

曙光依旧，风尘依旧

心爱的姑娘，你在他乡还好吗

2024 年 7 月 3 日

孤独的樱花

洪浪公园

有许多株峻拔的桉树

却只有一株樱花

孤零零的,没个伴儿说话

这也罢了,桉小伙粗犷地

把衣服半脱半挂

袒露光溜溜的脊背

樱花只得红着脸,半低着头

与自己的影子说话

憋久了,四月一个早晨

樱花在晨光中冉冉绽放

宛如一位害羞的少女

含情脉脉地低头沉思

第二天

像是从地下升起一股粉红的喷泉

灿烂而热烈

但很快她愤怒了,落一阵花瓣雨

凄美而壮烈

废墟里的风声

她一定哭过,痛过,但无人知晓

更无人来向她道歉和认错

夜里却有对情侣来花下亲吻

那女的踮着脚

露出腰上雪白的一截

2024 年 6 月 15 日

雪

上帝吹出的歌,暗含忧伤
大地透出的沉默,暗含隐忍

在最寂静的时分,低低地诉说
在流光顾盼的时候,闭住嘴唇

恒以质朴卑微的底色照耀
哪知善良最容易受到侵伤

一场大雪要生吞多少黑暗
才能还原自身的洁白

一个心灵要承接多少风雪
才能吐出道路与春天

被生活挤干,仍饱含真诚
被命运磨成齑粉,仍心平气和

微小的事物在不为觉察的地方
闪烁不为察觉的微光

废墟里的风声

微小的事物总在风吹过的地方

低着头迎风歌唱

风暴颠覆了昙花轻临的星光之夜

请把火光埋在内心最无底的深渊

这样的宁静让我们学会放弃、忘记

这样的书卷是要让我们仰望、深刻

2004年6月8日

风

远去的人

在生前负载得太重了

死后才把自己化为风

风是万千灵魂在天宇间走动

僵冻中的花籽突然惊醒

原是她在东风中窥到了

百年前恋人的身影

多么好啊,骨肉化泥

还是找回了流落的知音

任他把自己吹红,吹老

再随风而逝

风啊,风是什么呢

风是前世被夺去自由的冤死的鬼魂

在寻找他自己

2002 年 3 月 16 日

废墟里的风声

窗前一棵树

感谢这棵树,给我带来了风声与鸟声
尘埃日益侵蚀,它干净地把春天举在头顶
需要修行多少年,像树一样安享睡眠的喷泉
这些年的隐忍,孤独的暮色吹拂寂寞的辰星

从窗口望出去,仿佛数年前在金色的海滩
邂逅一个晒太阳的美人
原来她从没有离开
似一只陀螺日夜奔走在我的山河
远去的那场雨早走回到树上,倾听你的辽阔

辽阔是黑暗的巨流洗亮一根针,支起大海
受伤的耳朵

2013 年 2 月 2 日

西风中的苦楝

西风中的苦楝

去尽了所有的城府

似一名阵后的斗士

在冷冷地沉思

树梢上的最后一枚叶子

似天涯边上最后一个游子

它轻微的坠地的一响

使本已孤独的树

陷入比大地更为辽阔的孤独

2002 年 9 月 28 日

废墟里的风声

白　杨

高瘦清秀，彬彬有礼
童年时的白杨正直善良
不屑屈曲盘旋，似剑直指苍穹
少年时的白杨爱憎分明、立场坚定
成年远行，笔直的白杨似仪仗队直铺远方
仿佛《好人一生平安》那支歌

中年读史，读到耿直挺拔的人物便想起白杨
如左宗棠，他刀削斧劈的性格只有白杨匹当
捍边必须是"壁立千仞，无欲则刚"的白杨
历史似蜿蜒的公路，白杨撑起一片坦荡的绿
卫青、岳飞、于谦、戚继光、林则徐、戴安澜——
这一株株可敬的白杨啊
我深爱你们，就像爱着五千年来的好兄长

2013 年 1 月 13 日

马

马是蛰伏在历史册页上的一个词
具有洪水崩堤的力量
它西风般的嘶鸣饱含远方伤感的绿

马以席卷的姿势掠过大地
拖曳着光芒
翻滚的马背掀动起万顷碧波的奔涌
飞扬的髭须是万里横空的云舒云卷

马是英雄的背影，滑向这样一个轴面：
乌江边，落日里，一匹来自江东的马
孤独地立在一只木船旁
它的影子似群山一样辽阔
它的蹄音似乌江一样绵延

大漠孤烟里，李广利带着十万人马
征得一匹汗血宝马，没有归路

马是一个朝代风云际会的闪电
遥想康熙当年策马啸西风

废墟里的风声

伊犁的草草木木顺着他的目光绿了

左宗棠长鞭一指

千年春风沿着他的脊梁度过了玉门

马是历史的桥,桥是时间的马

那么多断章丢落在它的蹄窝里

那么多断章在它的蹄音里葳蕤连绵

2009 年 4 月 16 日

牛

牛是上帝赐予人类的恩典

它一步一个脚印拖着沉重的历史

又一犁一铧打开灰亮的春天

牛在黄昏的边缘,影子可以令我们晃回唐朝

牛是土地的图腾

没有牛的脚印

世界也许还是一个牧场,文明还在狩牧时代

人注定要与牛为伍,牛注定要与铁同在

才能画出大地的"井"字

铁只有变成火车,才能获得文明的速度

火车只有演绎出飞机,才能抵达时代的高度

人类就是靠着牛的惯性力撞开重重迷雾

进到太空漫步

牛一生离不开沉重这个词,因为拖着厚实的土地

它饱受屈辱,将一道道鞭影化为沉郁

而舒张的是村庄的炊烟

它一生都在承受,宽恕,忍耐,守望

牛的沉默使大地布满光泽

废墟里的风声

牛的呼吸使清贫滴溢青翠

牛衍生"厚德载物、任劳任怨"这些质朴的词
并一生为之注解
它从不奢望,也不计较
即使被挤出血,心灵的安慰也就是一把青草
在劳动中创造,在劳动中担当
一根草绳引来终身信仰,对土地的忠诚矢志不渝
牛安静的眼神似浮雕,还尘俗一种坚定与清澈

牛有自己独立的尊严
尾巴是悠出内心的闪电
它耐得住折磨,受不了闲置
永远在生活的低处埋头,从不低头
它不停地反刍过去,把屈辱消化成一种品质
你看高山总是站成牛的形状,因为牛是大地的灵魂
它恒以谦卑、平和的气度赢来自己的高度与广阔

2009 年 2 月 16 日

虎

虎吼一声，百兽震惊

生态变化表明

有虎才有百兽的平安与繁荣

没有虎的时代鼠辈横行

虎举步沉稳，无猴之匪性

襟怀磊落，无狼之心计

它一生的爱憎从眼里透显分明

虎凛然一视，总有人不寒而栗

风乱，怀念虎吼

俗浊，盼望虎视

虎是天地间的一种宗教

令心怀不轨者闻吼而止

心有弥尘者受视而省

如今，虎成了一级保护动物

多么不幸啊

我仿佛听到一声遥远的虎吼

恰似一轮苍茫的落日

2008 年 1 月 6 日

废墟里的风声

蜘　蛛

有一种神秘需要面具来驾驭，以禅相吸引
蜘蛛在深渊里打井，似井里流出的一滴夕阳
蝙蝠在屋檐上狂草，铁淹没在锈上
蜘蛛蛰伏如空寂的山谷，发出黑漆漆的光

人不可能两次踏入同一条河流
但可以无限次踏入同一个陷阱
蜘蛛的身体是一面蓝色的瓦尔登湖
嗅觉灵敏的苍蝇挡不住蓝色的饥渴
踏足即成千古恨，千古恨只要一瞬

青娥寻寻觅觅，寻觅高山流水里的知音
它走走停停，在这孤单的尘世邂逅了桃源
那似丝似绸的诉说，那似梦似幻的庄园
令它甘投罗网
就像螳螂咬紧对方的身体动了彻底的爱心

罗马不是一天建成的，蜘网不是一天造就的

滴雨编织的故事成就了一个帝国的梦想

世间最高深的哲学家营建了一套组织、网络

便可一劳永逸

法律也驱散不了这个阴影

它悬在那里，似一滴琥珀照着辽阔的寂静

2013 年 10 月 30 日

废墟里的风声

柳

我曾无意插下的一截柳枝

如今长似一个亭亭玉立的少女

少年一次好奇,成就了我一生

唯一无心插柳柳成荫的喜剧

我是唐朝折枝的公子

但不是赶考途中的书生

只从春天的额际摘下一缕柔丝

让它在一片废瓦砾上

获得了自由、尊严与蓬勃

站在它面前,它不知道我是谁

三十年前我还是一个孩子

它只是我指上的一截柳枝

三十年后,它依然如此青春美丽

而我变得木讷、琐碎、自言自语

风在吹着,太阳照着,蝉在鸣着

它不管不顾

只脉脉凝视自己投在水面的倒影

它的神态令人着迷

就这样心无旁骛

低低地,安静地绿过自己的一生

2014 年 2 月 26 日

橘 灯

一辆拖拉机在突突地爬坡
车上坐着几个去镇上赶集的少年
忽然一人指着旁边橘园中的一枝
说：橘子，橘子
我们顺着他手指的方向
都看到了枝上吊着一枚黄澄澄的橘子
司机扭头也看到了
拖拉机爬到缓平处后
司机特把车停下来，进园寻找那枚橘子
但见秋风涤荡，苦寻也没发现那枚橘子
众人沿路抬头察看，也没发现那枚橘子
但刚才那么多眼睛，明明看到有枚橘子

后来我们胸怀热雪，心持旷野，奔向远方
远方却是白露为霜，除了波浪还是波浪
有时我们明明知道那件布包里还有一粒糖
但几番折腾，就是抖不出那粒糖

有时你想饮鸩止渴，可鸩远比水珍贵

你根本喝不起！

人生苦短几十年，引领你向前的

也许就是那枚你看得到却找不着的小橘灯

2023 年 6 月 28 日

废墟里的风声

红树林

一棵棵高大的椰树迎着风

永远保持对天空的敬意

一弯长堤

踱行三三两两观海的人群

我喜欢到这里来眺望香港

那横卧海面的深港大桥

仿佛一条游动的长龙

高耸的灯塔似喷泉

在抒发诗人的狂想

今日牙痛,我来海边吹风

一叶孤舟倚在落日宽厚的肩膀打盹

倾斜的大海似一片轻轻抖动的羽毛

我喜欢看

万千波浪前仆后继不断破碎的情景

今天它们却出奇地平静

海滩上那个弯腰捡拾贝壳的女人

仿佛一只发光的齿轮

2018 年 4 月 30 日

书　桌

昨日收拾书桌，不小心一碰
一块油漆脱落了
这令我惊讶
原来这么多年
它平静的面容一直隐着自己的痛

这张书桌与我相依为命十五年了
刚搬进家时，红艳艳的似一个新娘
生活的潮汐慢慢褪去了它的光泽
但它不声不响，不离不弃
在寂寞一隅撑出生活的些微绿意

它也不容易，磕磕碰碰搬过四次家
呛过那么多水
默默将十五圈刀削斧刨的年轮
凝成我额头上淡定的皱纹

2009 年 8 月 2 日

废墟里的风声

水龙头

有时你把水龙头使劲地拧

紧得不能再紧了,它还是滴水

你说这龙头坏了,其实它没坏

你想想它一年被拧上千次

受够了

那渗滴出来的水

是它的抗议,也是它的悲戚

就像一个人

被生活拧成了偏头痛

也免不了要自言自语

2014 年 2 月 20 日

草 莓

黎明是一只牛犊拱着通红的鼻子
隐于露水的美人动用了光的纯度

诸神细嚼之后,将你吐向四方
一万株油菜随着晨曦向我涌来

垂柳是一只飞鸟带给湖水的静默
紫萝扭着舌头旋开潘多拉盒瓶盖

少女的眼中都镶嵌一颗绿色宝石
小姨子的身体满是一片瓦尔登湖

香樟用一生的阴影镌刻一把湖边的椅子
草莓使出浑身魅力洋溢与人私奔的气质

肥云站在自己的悬崖上咳嗽,恰
似腰缠十万贯骑鹤下扬州的知府

有谁站在黄金之门,高举着火炬
迎接我满身斑驳深不可测的屈辱

废墟里的风声

因为自己的愚蠢,我宽宥了一切
因为难以自拔,我终生为你祝福

早晨是一只亭亭玉立的瓶子
你是瓶子里一株安静的植物

2014年8月25日

香椿树

每到谷雨时节，满姣阿婆便催我
爬上晒谷坪的香椿树去摘椿芽
春梅就顶着一个簸箕在树下接
紫红的椿芽像花，晒干后腌萝卜
格外的香脆

有次我蹲着身子在簸箕上拣椿芽
春梅弯下腰来瞧
她的发梢碰到我耳垂，怪痒的
她雪白的乳房在格子衫下荡漾
那时我们都被春天蒙住了眼睛

我上高一那年，春梅去了深圳
椿芽像莲子一样攥紧一颗心
她去了深圳后，一直杳无音信
她的哥哥曾带着一把剑
去深圳寻踪觅迹，也没找到消息
那些年，乡下在深圳失踪的人
有不少，最后都不了了之

废墟里的风声

去年回乡，我在椿树下站立良久

如一片叶子接受了宿命与尘埃

地上落着一枚椿果，像憋坏的哑巴

那果子里

住着一个失踪已久找不着归路的人

2023 年 8 月 5 日

葡萄架下

横看成岭侧成峰,阿秀怎么看

都像一株在阳光的梯子上攀爬的葡萄

那乌亮的发辫是扭着波浪的葡萄藤

黑溜溜的大眼睛滴溜溜的要人命

很喜欢在葡萄架下与阿秀呱话

你跟她说真话,她以为你说假话

你跟她说假话,她以为你说笑话

笑什么你笑,那是雨后眨过的眼睛

永远保持对世界数不清的好奇

那年夏天,高高悬挂的葡萄串

绿得疯,绿得野,充满下坠的危险

阿秀的眼睛渴望一道柔软的闪电

白云是天空行走的脚

阿秀与阿岚半夜在葡萄架下相约

偷偷上了深圳

2023 年 10 月 5 日

废墟里的风声

夏日的荷塘

夏日的荷塘被蛙声灌满

睡眠像只合不上眼的大蜻蜓

独自漫步荷塘边

倾听睡莲向着淤泥的晴空低语

朦胧的月色,那些荷叶

你挨着我,我挨着你,都很亲密

一粒萤火被月光拱了出来

照过一朵脱水而立的菡萏

恍若一个刚刚出浴的女神

宽阔的荷叶如一张新铺的床

两只豆娘闭眼嘟嘴呼气如兰

它们美丽的尾巴交缠在一起

在荷面自由地翻滚,旋转,滑翔

凉风习习,虫声如雨

万物都有种薄荷的气息

一切生命都在冲破阻挡

绽放生命的奇迹

2023 年 11 月 27 日

辑一 流泉微翠

一粒果落下来

一粒果从树顶落下来

砸中了我这个匆匆行者的头

我拾起她，刚好盈手一握

她嘴角淡红犹绿

似一个风尘仆仆的女子赶赴约会

不小心撞着了我的头

这个世界每天都有苹果落下

就是打不开老板脸上板紧的水龙头

这枚果却如一滴掉下的大海

把旷野打开

她曾迎立枝头，被万千蜜蜂当成皇后

我要把它轻轻剥开，送入干喉

只有把它吃掉，才能把春光占有

一个身着旗袍的女子音乐般经过

看到我满嘴朝霞，偷偷一笑

她波光荡漾，有着梨树落花的味道

2023 年 6 月 22 日

梧桐树

"寂寞梧桐,深院锁清秋"
梧桐在以往诗人的笔下是离愁
其实,梧桐一身清爽像个小伙
我赞美它高,我赞美它直
赞美它树皮有种罕见的绿
赞美它的叶子像猪耳朵
风一来就摇起风铃
宛若邻家女咯咯的笑声

"有凤栖梧桐,有树可忘忧"
有次经过大院前的梧桐
看到两只燕子欢快地
从一棵树追逐到另一棵树
从一枝树梢追到另一枝树梢
自由得没有任何经验
不由得想起多年以前
树下那张脸,月光一样清澈

秋风浩荡，万物峥嵘

梧桐随风掀起黄金一样的波浪

像极了我同室那个年轻的上司

眼里藏着星光，笑里全是坦荡

2023 年 10 月 27 日

紫荆花开

日暮时分,仰头往窗前一望
恍如有江南的女子撑着红伞
回眸浅笑
哦,那满树满树的紫荆花开了
仿佛一只只蝴蝶透出神秘的光彩

初来深圳找工作,正值紫荆花开
它像一朵云,令深圳可亲
有天夜里查暂住证
我爬到紫荆树的枝杈上靠了一晚
后久无着落
只好去布吉一个建筑工地搬水泥
一个同乡女孩来看我
晚上送她回宿舍
走到一棵紫荆树下,她芳心如鹿
满树紫荆花在微风吹拂下翩翩起舞

多少年了，脑海里还不时浮现

那个被雨水淋得湿透

却依旧露出快乐笑容的女孩

宛如窗前被风雨敲打的紫荆花

总是给你一张热情的面容

2024 年 6 月 14 日

废墟里的风声

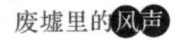

无名花

路灯打扫着夜色
月光打扫着大街
一个神秘的黑衣人
正在幽幽的街衢彳亍
一只大院门前锁着的狼狗
突然蹦起,把他吓了一跳
他弹了弹,又继续彳亍

在拐进偏巷的一个坡处
忽然斜逸出一朵丰硕的花
照亮了他
他叫不出这花的名字
只觉得它像一束流星
拖着长长的火焰

它守在这半夜,举着灯
或许是在等一个人
怕他看不见路,摸不着门
它是红楼里寒雪送梅的宝琴?
我是黑夜寄给谁的一封信?

黑夜如此荒凉，一束光

让你看见群星中的天堂

2024 年 7 月 24 日

辑二 流泉微翠

废墟里的风声

芍 药

月光碰到的地方，有你的伤
耳熟能详，却不见你的脸庞

打坐的露珠对着月光转动身子
未谙世事的少女打开满身窗户

死亡像一朵浪花溅起河汉三千
河汉里哪扇窗户为你彻夜不眠

一滴燕语吹绿了满怀心事的白雪
一滴燕语只持续了三分钟的春天

它把阴影落在自己的身上
如同杯子把自己装进沉默

2024 年 7 月 23 日，合三首旧作

月 亮

蓝色的梦里缀满谁的相思豆
谁的眼泪挥洒成满天的星斗

凌波而来款款而行的女子啊
你是为谁开放的花朵

含情脉脉，亭亭楚楚
纤纤身世托付给了江湖

谁是飞落的一枚石子
使你轻柔的腰肢不胜一握

谁是远方捎来的一缕清风
消解你心中郁结的诗

娉娉而立翩翩而舞的女子啊
纤纤身世托付给了江湖

1999 年 10 月 10 日

废墟里的风声

笛

一条幽深的胡同,挂着七颗星
有牧童骑着牛儿,晃悠着踱出
他一曲唱响蛙鸣,再唱绿了杨柳

从唐朝流放的谪官,至清朝还在路上
他落拓不羁,在胡同题壁,墨迹成霜
晓行的人趁着三分白,踏过板桥

他头儿埋着,七颗星照着,晓风吹着

2014 年 10 月 8 日

烟　灰

香烟的燃烧到底有什么意义
也许仅仅是为了成为灰

碎，是一种忍耐已久的释散
将心中的幽暗弥漫成蔚蓝

烟星上袅袅上升的魂灵
都是大地上走失的孩子

他把一切都抖下了，抖成
灰一样的宁静，宁静一样的灰

2009 年 4 月 28 日

废墟里的风声

板　桥

板桥上的霜迹

斧头嘴唇上的盐

星星从岩层破茧

什么样的道路

有什么样的脸

黑衣侠拢了拢毡帽

荡过板桥

芬芳四溢的田野

都是风尘仆仆的样子

2023 年 10 月 28 日

酒

酒是飞越青山三千里的流水

落入我的酒杯

举起酒杯，举起天子呼不来的船

举起酒杯，我把月光当成了草原

月明如水，万物有着初生之美

心念旧恩，乌鹊北回，绕树三匝

飞不出我的酒杯

2020 年 1 月 9 日夜

废墟里的风声

选 票

像一枚枫叶

令你想起火的誓言

它难得一次

让你有了做人的尊严

它似蝴蝶颤抖的翅膀

从峭壁探出美丽的绝望

2023 年 7 月 11 日

韭 菜

韭菜远比刀子锋利

再利的刀子割上几年

也会钝，会锈，会废

韭菜却专注而动情地忙着长

专注而动情地忙着绿

伤口还来不及痛就冒出了芽

芽还来不及绿又被割

长了又割，割了又长

刀子不解气，累得气喘吁吁

2023 年 7 月 12 日

废墟里的风声

野 火

汽车在丘野中奔驰

窗外的野火似冬日奔放的杜鹃

在寂寥的旅途

看到天空在野火中烈焚

有一种分外的惊喜

大地向远方奔流

荒草疯野一秋

疯野一秋也已足够

把一生的尘埃与霜迹抖落

把辽阔让给梦想

把陈旧的肉体

在火羽中孵化成根的山脉

2014年6月15日

锈

锋芒,是一种伤害
它照得清过去,逼视未来
生活有时需要锈
使过去模糊,再慢慢褪掉

时光的脚步老留在痛处
心会变成铁,越来越冷
锈却能吸走身上的寒气
放出受伤的灵魂

锈,是用自身的剥落
打开被自己套牢的枷锁

2009 年 8 月 30 日

废墟里的风声

西风中的牛

有马啸、狼嗥、虎吼于西风
而牛只在西风中垂首
蓦然抬头,是为地上已没有草
或隐隐听到一种来自远方的低啸
眼睛仍是布满悲悯
使天空、远山骤然矮了几分

2002 年 9 月 28 日

九嶷山

2018 年 4 月 2 日清明之际，
余与同窗陈桂中返乡挂青，
途中驱车至九嶷山，
拜谒舜帝陵，特以诗记怀。

帝子乘风，翠微生烟
牛羊在天上奔腾
帝在九嶷间盘旋
他奏韶乐，引百凤来仪
负药篓，尝百草于苍梧之野

斑竹照千径，灵光生万物
万乘的高贵并非端坐于深庭
而是崩于野
高贵的福地并非陵寝千顷
而是简身净体，还身山川

废墟里的风声

自你之后,世代再无禅让

世袭者炼丹求仙,渴求绵延

而你化身云朵,荡清风明月

注:史记载,舜帝南巡,崩于江南苍梧之野,葬九嶷山。

2018 年 4 月 3 日晨

观音山

山色似洗，佛光普照

天空如一片融雪的大海

我是在海底行走的石头

唯有倾听

听泉水叮咚，落叶簌簌

听叶子上的青虫翻身

发出点点噬咬的声音

万物生长，鸣虫浩荡

千年的观音留一个微笑

辽阔的尘世便漾满了光

空旷的寂静，孤独的浮尘

多少人满身屈辱地苟　　活人世

却携带山一程水一程的感恩

就如此时头顶的弦月

不管阴晴圆缺，它只静默地行走

平静得没有波澜，而又波光荡漾

2014 年 4 月 28 日

废墟里的风声

悬空寺

一灯如豆,照亮山谷

几根红木从悬崖

凌空支起一座庙宇

因为空而自在飘忽

如佛拈笑千年

想起《红楼梦》中那个

空空道人曾对那顽石说:

"红尘中有却有些乐事,但不能永远依恃

人非物换,究竟是到头一梦,万境归空"

人栽了跟头,就是一座悬空寺

我是悬空寺上的空空道人

腹内空空,但吃酒吃肉

2024 年 6 月 24 日

灵隐寺

梵音袅袅

摇曳三生石畔那株绛珠仙草

三百年前康熙六下江南

数跸曹家，探仰灵隐寺

灵隐寺里徘徊有曹雪芹的影子

"瓜洲渡口遇妙玉"

栊翠庵里被盗贼用迷香劫走的妙玉

最终流落到了哪里

我想是被神瑛侍者送归到了灵隐寺

她在寺院里撷取梅花雪

用青花瓷瓮收着埋到地下

窖藏数年，再取出煮茶

她端着那只绿玉斗，在孤削的梅树下

远远望去，夕阳如豆

运河漂过一叶扁舟

2018年3月13日

辑三

星光微隐

废墟里的风声

有时我们会想起

有时我们会想起

黑夜里山村的一盏灯

它用瘦弱的肩膀

扛起沉重的黑暗

给卑微的心灵带来了慰安

有时我们会想起

灯下一个人

生活使他学会了沉默

但偶尔一阵凉风

会给他带来清醒

有时我们会想起

大地上的苍生

它们在风中摇摆

想站直都不容易

但它们拥有无限的光明

你们看

有那么多人在做恶事

辑二 星光微隐

有那么多人在行善事

善良的人

别再纠结公平与不公平

就像蚂蚁一样活着

在草丛间忙碌

被太阳和土地

千年不改地热爱

这是多么幸福的事情

2005 年 4 月 25 日

废墟里的风声

斜谷口

太阳似一把古铜的门环

挂在山谷

石板依旧，黄土依旧

吹过斜谷的风依旧

而那人面桃花呢

数百年来

多少先人后辈从这斜谷口飘出

有人云梦浮生，有人魂断异旅

有人叶落归根

还有多少故人

踅入斜谷

加深岁月的伤痕

像一枚卵石经历了长长的漂泊

又荡回原处

站在斜谷口，我没有往日豪情

也没有疲惫，只有夕阳般淡定

不远的土坡上

两个锄草的老人没有留意

辑二 星光微隐

我这个从远方而来的归人

但我留意到了他们
老者捡起
锄落的一个拳头大的西瓜
掰成两半
递一半给在地上扯草的老妪
老妪接过西瓜那温柔的一瞬
足令我感动一生

2010 年端午

废墟里的风声

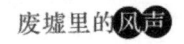

工人老五

一

老五做了一辈子工人

还只是个工人

工人是国家的螺丝钉

他却被脱落了

从一家偌大的国营制药厂

是在二〇〇〇年

制药厂是一家广有声誉的中型企业

那五年里换了三任厂长

前两任都进了监狱

后一任得了高升

至今让老五心悸的是

一位前任厂长仅在一张发票上

就虚开了二十万元

二十万

老五一辈子都挣不够这个数

当厂长的只要一秒钟捞回

想那年岁建厂兴厂多难哪

垮只是眨眼的工夫

原在厂里跑供销的都摇身变成了老板

老五却还是老五

有时望着厂里高高的烟囱

眼睛渐渐有点潮湿

二

老五一辈子佝偻着腰走路

佝偻着腰生活

难得与人脸红脖子粗

仅有一回,是在一九九九年某月某日

厂长的女儿交了班

却没把药液龙头关上

老五听见哗哗的水声

撞门而入

涨满房间的药液已深过脚背

老五心疼得眼泪簌簌地流

对着颐指气使的厂长女儿

扇了一个耳光

如今,厂长的女儿早调某局当助理

废墟里的风声

老五还是老五

有时望着厂里高高的烟囱

眼睛渐渐有点潮湿

三

凭良心为人

靠扎实吃饭

这是老五一辈子认准的死理

想不到他的厂子被良心卖了

他的扎实没处使

一丝不苟替人擦皮鞋

也没少遭人白眼

儿子失业

女儿上学

妻子不久诊断出癌——

痛苦和不幸像铁犁一样

开垦他内心的大地

他相信,春天还会来的

2001 年 6 月 3 日

母亲坐在木门边

母亲坐在木门边
头上一片白云轻轻飘过
她低头在簸箕上剥豆子
嘴里哼着歌

白云翻动屋瓦
她的眼皮跳了一下
她起身掸了掸布满油渍的围裙
去堂屋里搬出一个搪瓷盆
豆子沿着她干树皮一样的手
流进盆里
一只老鼠沿着烟囱溜下来
对着她眨巴一下眼,钻进了墙角

夕阳如橘,阳光似米
几只鸡围着母亲坐的小矮凳
啄豆壳

废墟里的风声

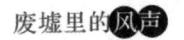

母亲仿佛意识到什么
蓦然回头看到我拎着包回来
嘴上的笑容像一道柔弱的闪电
照亮她比岁月还要深的脸

2000年7月7日

牛屎香的黄昏

我曾无数次

置身于这样一个辽阔的黄昏

万物低头,相互摩擦出钟声

寒气汇聚于父亲的骨关节

他的腰弯成了弓

牛屎从他的指间抖落

油菜田弥散缕缕温热的屎香

他的双手双腿

被田间浸泡成了铁锈色

头顶盘旋着一团团"牛屎蚊"

一块块干硬的牛屎被他捏碎

撒向土地,像喂鸡的小米

暮色渐渐有了温度

一只麻雀衔着一小片晴空

飞过他的头顶

2024 年 3 月 1 日

废墟里的风声

母亲失忆

年已八旬的母亲开始失忆
有时半夜喊天光
去后陇山捡柴

上个月母亲突然想起
坡上的板栗熟了
半夜爬起去捡板栗
受了凉,生了半个月的病

国庆节回家
看到母亲坐在阶矶上捶板栗
那长满尖刺的板栗壳
在母亲布满老茧的手上失忆

2017 年 11 月 19 日

霜　降

一只老鹰

在一贫如洗的天空里

悄无声息地盘旋

绕了一个圈

又一个圈

半山腰上的霜径

似从秋天的茧里

抽出的一根细丝

丝上沾着一个黑点

随风晃晃

晃晃

晃出一张苍茫的脸

2002 年

废墟里的风声

洗 衣

月光还是院子里的那一树梨花
男人还是那年的夜色没有回家

青幽的石板发出青幽的光
她把深寂的夜晚泼出声响
她耐心而寂寞地
揉搓孩子白日放逐的梦幻
也想把自己
揉成月光下一段小小的波浪

2009 年 3 月 25 日

寨 顶

寨顶即村后陇山的山顶

因为土匪扎过营而得名

小时候砍柴总要弯到寨顶

去过一回寨王瘾

其实寨顶仅留一块大青石

坐在上面，就像坐上了虎皮椅

坐进一个被战火照耀过的

女人的体温与寂静

2009 年 3 月 25 日

废墟里的风声

山道慢

山是岁月的波浪

一座座荷叶般的土砖瓦屋

在山脚泛着鱼鳞般的金光

阶矶上的老人收起晒干的絮被

给围拢来的小鸡撒了把碎米

旷野上

一头黄牛兀立田头反刍着苍凉

一个农妇倚着犁辕在回首眺望

一个牧童骑在光溜溜的牛背上

吹着叶笛，背后是落日的余晖

趴在群山上的月亮

如一个少妇斜在椅子上

抱着孩子喂奶，半袒不露的乳房

2024 年 6 月 15 日

风是一个枯槁的白衣人

半夜,星星窝在云层里睡意昏沉
只有风似一个枯槁的白衣人
在院子里轻悠悠地晃悠,她没有腿
她的腿被聋哑的二叔用二胡锯去了

她像一个旋转的斗笠,在空中翻跟斗
独个儿发出嘻嘻哈哈的笑声
累了,她又颠着碎步晃悠
她停在一座古宅的屋檐下敲门
生锈的门环碰落了她的一节手指
半晌,里面传来咳嗽声:"谁呀?"
她没有应答,犹豫半晌又颠着碎步走了
她停在一道篱笆前,那里有她剥落的皮肤
她侧耳细听,墙角发出"吱吱"声
一只猫正踩着一只要挣进洞的老鼠后脚趾
她沉默了一会儿
便开始在篱笆缠绕的南瓜叶上拣拾月光

废墟里的风声

捏碎,放在嘴边吹

她一边走,一边吹

后面跟着一只黑狗

咬着冷冷的月色,走过忍耐的寂静

2014年3月15日

任 雪

有一个女孩叫任雪
她曾是母亲咳嗽声中追逐的笑声
她是农村女孩
中专毕业,进了一家矿厂做招待

她喜欢坐在窗前听雨点
滴答滴答敲击芭蕉的声音
任梦想飘落在一滴雨中
她喜欢窗外的雪像明月一样下着
把她的心下成一片雪原

她一无所有却满怀热情
她倾洒热血,想成为一名正式工
有人竭尽全力,是为活在希望中
有人歇斯底里,是为活在欲望中
她的柔弱的身上沾满贪婪的光
却无法抖掉

废墟里的风声

当她一次又一次被羞辱、欺骗

她一颗冰雪的心变成了秤砣

她把理想敲碎,匍倒在刑场

"没有什么比活着更快乐

也没有什么比活着更艰辛"

那一朵美丽的雪还在闪着惊心的白

2024 年 6 月 29 日

晌　午

老井边

水桶的哐当声繁起来了

院子里

涮锅刮鼎的声音踩痛神经

山娃子鼓起腮帮对着火筒一吹

炊烟便似嫂子伸了个懒腰

款款向一朵白云走去

太阳是偎在云絮里的猫

嗅着饭香的味道

晒谷坪

一只公鸡伏在母鸡背上

演绎一曲原始的爱情

咯咯的叫声牵来一个女人的呵斥

"三妹子，鸡化谷了，你没长脚？"

小女孩低垂着头，绞着辫梢

不动不答

辑三　星光微隐

废墟里的风声

一个新媳妇满面含春

拎着衣桶在一根长铁线上

摊开一朵朵笑容

阳光拧着叮咚的水声

茅柴窝里蜷着一只黑狗

它眯缝着眼睛

半吐着舌头

似在回味一个温馨的寓言

2000年9月

春 雨

连续三五天了，淅淅的雨声

似无数的鸟鸣在天空翔集

春何时轻叩窗扉，我从未留意

就像从未留意过身边的空气

唯有这雨落在了意识里

让你感觉到它的不同

它不是溜达一会儿就走

而是像赴一个提前的约会

不温不火，不稠不稀

下过三五天，不知是什么滋味

也不管你的心里浮起了许多愁

它只管下得让人服气

其实也是呢，人憋久了

不吐就会生病

老天噤了一个冬季，该舒口气了

老天舒一口气

闷在地里的精灵便获得了通身的灵感

你看一夜之间，街街巷巷全绿了

冒出头来的芽苞儿擎一颗水珠当作伞

废墟里的风声

我披一袭雨衣走在雨水中

像走在昨夜的梦里

昨夜雨将我从梦中惊醒

我至今还在犯嘀咕

一只燕子斜过雨丝倏地缩到屋檐下

它像是谁呢,在等待天晴

据说一滴雨会在地里找到一颗种子

新的一年过去这么久了

会有一个什么样的工作来接洽我呢

一条条雨柱像一只只白胖可爱的蚕

在脚下拧一个身就不见了

倒把道路洗得很干净

像时间伸过来的手臂

2000 年 3 月

没钱的日子

钱使人高尚,亦使人肮脏
没钱的日子,人就显得卑微

人是宇宙的浮尘
钞票是上帝制造出来的风
我在风中颠荡,漂泊,沉浮
终将悄落于大地沉寂的皱纹

我一直将人生当作一部诗歌来创作
不识字的风却将我的诗笺翻得很糟
并随手捎带一页飘出窗外
我不得不追出很远
回首,已非少年的容颜

"钱不是万能的,没有钱是万万不能的"
现是六月,我已感觉到风的寒冷
廉价诗集,有偿新闻,泡沫广告
在一番番兜售我的青春
仰脸,发现天空也把高贵的头颅低垂

废墟里的风声

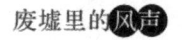

在这近乎信息爆炸的时代

我没有任何理由埋怨,只能向前

风似一根鞭子在冷冷地驱赶着我

在生活里平庸地生活

在诗歌里高贵地写诗

这便是我

2000 年 6 月 15 日

那个夜晚

那个夜晚消逝了

如一滴雨隐身于大地

如一颗泪悄没于心灵

那是一个舞曲之后的夜晚

那是一个街道弯弯的夜晚

她身着一袭朴素的连衣裙

脸上含着一点劳动的黑色

眼里还有一点怯怯

手微微有一点不自然

她默默地跟在我的身边

呼吸如她的舞步有点惊促

那是一个月亮在上的夜晚

那是一个流水在下的夜晚

我们伏在桥栏上

像伏在弯弯的月亮上

像伏在潺潺的流水上

我们谈了一些耳热心跳的话

我们谈了一些不着边际的话

废墟里的风声

我们的身影倒映在流水里

风把它们搅和在一起

那是一个天空像把雨伞的夜晚

那是一个大地像只摇篮的夜晚

我送她到屋前的一棵榕树下

看着她一点一点地向灯光移去

又突然转回来

我却没敢吻她

留下人生一个美丽的遗憾

遗憾我分享了她的温柔

却没有分担她的忧愁

那是一个流水在前的夜晚

那是一个落花在后的夜晚

我分享了她的温柔

却没有分担她的忧愁

2000 年 7 月 8 日

大风雪之夜

月光在风中被片片碰碎
世界在摇
其实这地面上并没有风
所有的风都吹在我的心里

我还在沉醉那个已逝去的
安宁的黄昏
我坐在河畔的青草地
用笔蘸着夕阳写诗
身边的情人在专注地
剥着一枚巧克力

在这样一个诗歌贫血的时代
我在用自己的血液喂养诗歌
但诗歌不能喂养我
我想继续坚持这样一种单薄
毕竟不能委屈
我无辜的妻子与尚未出生的孩子
在天空涨满欲望的迷途
我不知道该怎样用纯洁的文字

废墟里的风声

照亮我们的爱情与生活

今夜,在这个被音乐包围的
大风雪之夜
我孤单地与钟情的缪斯告别
明天我将背离纯粹背离村庄
走向另一种选择

1999 年

486 次列车

从广州站出发

一路咔嚓咔嚓剪碎了白天

却剪碎不了黑夜,反被黑夜吞吐

我坐的是硬座

只好靠在自己的脊梁上打盹

这节车厢还找不出一个绅士

个个朴素如同这随和的夜

五颜六色的方言

把初冬的空气擦热

一个乡里汉子

摸出一支劣质香烟

刚要点燃,忽意识到什么

便把烟放到鼻前嗅了嗅

夹在耳根

继续盘在蛇皮袋上与大伙聊天

望着窗外宁静的夜色,我在想:

在这样同一种颜色的天空下

有好多人在醉人的灯光之外

废墟里的风声

颠沛，沉浮

颠到离家乡万里之外的都市

用廉价的劳动力换取一种吆喝

回程仍是羞涩的行囊

这是486次列车的9号厢

谁也不认识我，我也不认识谁

谁也相似我，我也相似谁

谁都似一片沾满沧桑的羽毛

重量失落在家乡

1999年8月

下午三点

落叶如一枚枚铜币掉在地上
阳光似在俯身低语

我与孩子从街上回来
想买一件纯棉的羽绒童服
太贵,试了一回放回原处
女店主嘴角拧起的皱纹
拧紧了下午三点的寂静

西风洗亮了城市
也擦净了我们心上的玻璃

一个老者捏着铁夹
小心翻拾垃圾斗里的塑料袋
蓦然现出一只易拉罐
拉出他深陷的瘪嘴里的一缕笑意

废墟里的风声

他的手有点脏

而他的生活是干净的

就像街边那个擦鞋女

为生活折腰是一种崇高

嗨，拐角处忽然看见隔壁的老王

他肯定没有看见我

他一生谨慎

走路也是低眉顺眼，埋首拱背

手下面的篮子里

剩着几只没卖完的蘑菇

晚上一锅煮了

老两口准会吃得舒舒服服

2006 年 1 月 1 日

谁家一只红蜻蜓

中午，太阳静得像一枚月亮

谁家一只红蜻蜓

给小巷带来了意外的春光

一枝风轻轻跟着

生怕惊起她的张皇

谁是她发梢上那点跳动的阳光

就有福了

风只做梦的游踪

痴痴等待她蓦然回首的脸红

婷婷，款款，像一缕霞光

消隐在古色古香的木房

似梦乡深处的叹息

那挂门环叮当作响

那枝风还在门环上

久久地回旋，久久地彷徨

2005 年 9 月 23 日

坡　地

那块坡地原是一座寺庙的废墟

土里混有无数的瓦片与砾石

那天，我与父亲在这挖红薯

红薯用沉默和隐匿的石头

对抗命运的起伏与利齿

坡地右边埋着一九六〇年饿死的老祖父

左一百米埋着因难产而死的三婶娘

再远处埋着一个因阻止日本鬼子抢粮

被剥皮剖肚的祖叔

旁边那个塘

因此名为剥皮塘

那年高考名落孙山

我不止一次想过死

父亲不知我在想什么

他憨厚，辽阔

似地里深埋的红薯

他弯腰

一锄一锄磕碎沉沉暮色

我抬头

用缄默敲打铁青的苍穹

2013 年 6 月 29 日

废墟里的风声

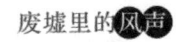

暮 归

草茎翻飞，乱云飞渡

风似洪水席卷着田野

满是凿痕的风，满是凿痕的脸

畚箕挤满了干草，披在母亲的肩上

似鼓风而行的干草车

风挟着闪电，把母亲的身子挤向左边

忽而又扭往右边

她的皱纹加深了暮色，背影绵延旷野

田野起伏，牛羊撞击山谷

迂回的干草车翻落泥田

似天空堕落一块巨大的乌云

弹起的扁担打着了母亲的脸

系在脖颈上的斗笠被风摘去

身材瘦小的母亲，被命运晒黑的母亲

弓着身子追回了斗笠，垒起草垛

继续顶风而行

群山移动,干草车移动

风变得像装甲车一样笨重

身边的河流正把大地上的一朵乌云

缓缓领出空旷的头顶

2014 年 7 月 3 日

辑三 星光微隐

废墟里的风声

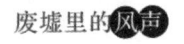

清 明

清明，天空飘了点粉末状的微雨
父亲越老越薄，薄如
身上那件能被风随时摘走的寒衣

我使出了吃奶的力
扫掉祖父与祖母坟头上的茅草
挖掉周边的根茎
小堂妹在树丛里钻来钻去
撩着上衣兜来一捧茶泡、茶耳
我尝了几片，还是童年的味道

回到老屋，我忙于添柴淘米烧水
父母已老得做不出一顿像样的饭菜
陪着父亲唠叨
就像林冲从草料场的积雪里
摸出一壶老酒

这些年

我与父亲都活得像风雪地里的林冲

父亲苦守着山神庙

我挑着草料场那愈下愈紧的大风雪

2018 年 4 月 10 日

辑二 星光微隐

废墟里的风声

野山茶

小时候村里最时髦的香烟是野山茶
三狗只要发了小财
便擂着经销店的门：
"来包野山茶！"
那派头比孔乙己摸出四文大钱还牛

揣上野山茶，便往阿珍家里窜
阿珍是一朵正在怒放的茶花
"安老爹，来一支！"
三狗在阿珍爸前把烟递出来
安老爷从灶膛里扒出一个火星
把嘴凑上去一个劲地吧嗒
吐一口长长的烟圈，道：
"纸烟香是香，还没喇叭筒过劲！"

有天夜里，三狗带着我们偷偷去河里
用茶枯药鱼
他拣了条最大的鲤鱼送给安老爷
有天夜里，我们一起去茶亭铺院子
看电影，刘晓庆演的《神秘的大佛》

换片时，三狗与阿珍说去买包野山茶

半夜也没见回来

后来，阿珍去镇上一家旅社做服务员

嫁了个老板

三狗娘与阿珍娘相骂

骂阿珍娘嫌贫爱富

三狗咬牙去了深圳

当牛做马什么活都干，只要挣钱

摆地摊，搞建筑，进厂，开饭店

终于在深圳捞得一桶金

前几年乡里搞退耕还林

三狗回乡承包了上千亩茶山

办起榨油厂，抽的是和天下

有时他吐着悠悠的烟圈说：

"香是香，总没有野山茶那个味！"

2017 年 5 月 6 日

废墟里的风声

躲　荫

那是三伏天的双抢
太阳似挂在正顶上烧旺的火球
打禾机的声音似狂躁的蝉鸣
响彻田野

田里的湿谷要赶着挑回去晒
挑谷要爬过一道高高的土墈
土墈上有棵松树
挑谷的人走不动了
便撂下担子，躲到树荫下歇凉

似乌龟驮碑
我把一担湿谷沉沉地顿在地上
瞥眼看见阿秀也在树下乘凉
哥哥擦着汨不尽的汗，与人调侃：
他这辈子做牛做马，够了
儿子再不能这样的亏了

我只渴望再来一阵风
阿秀看了看我，不作声

她从深圳回来,穿着时髦

她曾对我好

高考落榜后,我不敢与她说话了

那时我年轻,幻想以文学谋出路

但像一只趴在玻璃窗上的苍蝇

前途光明,就是找不到出路

阿秀抱着双膝,沉默得青翠欲滴

此时,我多想是一只青蛙

一猛子扎进禾田,去春天里躲荫

2023 年 7 月 10 日

葡萄与玫瑰

她像一颗黑葡萄
有着闪亮的眼睛
她倚着门槛
说跌落的檐毛灰麻了眼睛
扒起眼皮让我吹
有天早晨我在上学前做饭
她跑来向我借图书看
她装模作样翻了很久
我想搂她，却不敢

酒吧，她涂着红指甲
夹一支白色过滤嘴
抿一口红酒
吹一溜烟圈
像一朵逼人的玫瑰
眼影里滴出两点玫瑰

辑二 星光微隐

有天，我走在深南大道
忽然下起了雨
一个红衣女孩在向着我奔跑：
"伞，伞，你为什么不带伞？"
飘来的红伞是雨中盛开的玫瑰

2018 年 4 月 23 日

废墟里的风声

雪

那么多雪,那么多初春的光线

它们拥抱一起,就是浪滚滚的草原

虚怀若谷,满山的雪是冬天的果园

女儿指着从松冠上掉下来的雪

它们怎么不怕痛

她天真灿烂,是果园满树的芬芳

你欢快雀跃,把头发幸福般剪短

小镇的日子似小鹿饮水

我们呼吸的空气像冰镇的泉水

儿子一个哈欠吐出希望的早晨

你素面朝天,忙于菜市与奶粉

房东生冷的眼神僵涩不了阳光

我把孤独还给孤独的飞翔

那时,你的脸有槐树的香

你柔弱的山谷耸立着教堂

2018 年 4 月 27 日

萤　火

那个夏天

月亮像疯女人那样野

我们认识也没几天

有人说你是洞庭湖上的老麻雀

而我多么需要一只麻雀

那夜去野地捉萤火虫的人蜿蜒成龙

我们也在其中

走着走着，你扯了我的手往僻径去了

萤火像降落的露珠

落在你的发上，脸上，手背上

我跌倒在田埂，揉着青草的光芒

萤火在我们的头顶漫舞

像从体内飞出的纷纷扬扬的灼痛

你嘴唇衔一枚青草，眼窝噙满了星

2018 年 8 月 15 日

废墟里的风声

午夜地铁

深圳坐在春天的故事里
一群群头破血流的青年在这座
春风激荡的城市前仆后继地奔赴

城市如一座巨大高速运转的机器
地铁是两点一线旋转的皮带
滚动着一粒粒追赶梦想的人

东边讨生活,西边蜗居
命运在黑暗的隧道里呼啸
恍如大海的潮汐在孤岛上怒号

车厢如盲盒,人群斑斓
有个中年人眯着眼,眼袋兜着睡眠
心中却装有漫天星光与逶迤的群山

一个长发青年瘦得像根电线杆
他耳朵挂耳机,低头盯手机
世界仿佛与他无关

哐当一声，他被弹出地表

命运吐出灯火阑珊的星空

行者，默默匆匆

      2023 年 10 月 12 日夜

雪山下的木屋

风吹喜马拉雅
恍若如梦令里一场温柔的考古
山脚下的木屋
是考古拱出的一朵红蘑菇

雪山打开尘封千年的记忆
倾泻一线神秘的流水
流水轻叩门扉,恍若相如的琴声
垂柳弯下涟漪,竹携一身清澈剑气
小桥流水映出书生明净的额头
他着青衫,拢一卷逍遥的明月
落日浩荡,清风徐徐梳了过来
似一个孤独漫步者辽阔的遐想

阳光普照如无声的泪水
一个桑叶一样的女子在热爱里洗手
她清澈的眼神收藏了我一生的黑暗
她端着一盆春风涤荡的布衣
回头的微笑,闪电一样温柔

日子像飘雪被风吹出迷人的声响

当太阳梳理好晨光的羽毛

我们荷锄去菜畦种些鸟鸣与阳光

当月亮升起处女的红晕

我们光着火一样的身子

在山谷交换清洌的泉水

夜晚,我们围炉煮雪

把红薯熏出唐诗的幽香

更多的时候

我们去月光下的雪地行走

你像一只抖动的雪豹眺望远方

远方是云罅朝雪山伸出摩顶的手

像晨光抚摸鹿的头

阴影被鸟声删除

千山暮雪皆在垂顾之中
黄昏的橘晕爬上了窗格
木窗对着雪山，草原尽头的一只羊
使你抬头
便能看到宁静沧桑而又仁慈的光芒

需要一种冷峻冰镇人间的焦虑
雪山是降落人间的神
它高贵辽阔的孤独令大海心仪
万里银光是它悲伤的神韵
抬头见雪山
那里有春天寄存屋顶上的一封信

落日在冰雪澌融中喃喃自语
就像我们的阴影被鸟声删除
在那喧嚣纷攘的尘世
我曾活得多么的愚蠢
在这神光普照的木屋
彼岸的虫豸也有了涟漪
当我在晨光的鸟鸣中青石一样醒来

你灵巧的双手把清风弹出袅袅炊烟

还有什么不能令我满足
活在这珍贵的人间
我们只需静默地行走
就像头顶这座雪山
它以沉默挑战一切
又以消融与整个世界和解

废墟里的风声

黎明的梯子

飞鸟是黎明搬来搬去的梯子

万物都有着松鸣泉吟的窗子

我该用什么来形容你,我的爱人

除了你还有什么能给我安慰

你永远是那桃红柳绿的年纪

披着阳光与溪水

你弯腰给一溜土浇水

如神专注于众生的未来

菜畦是我们的绿色氧吧

南瓜喝足了阳光与雨水

青虫在菜叶里翻身

白菜如月光一样茂盛

土豆腆着肚皮一晴万里

我在给秧苗扎桩搭架

你荷锄的姿势像丝瓜

黄鹂在柳枝上翠鸣

我们在瓜架下小憩

你递过来擦汗的毛巾

谈起昨夜的哲学命题

辑三 星光微隐

笑了笑说：

制度不能否定人的自私性

炊烟是小屋蓝色的呼吸

你从厨房端出一盘碎米

撒向一群围向你的小鸡

它们埋头啄米的声音

仿佛幸福的雨点在敲门

屋檐上挂着的一串黄玉米

早被太阳晒成了金玉良言

我抱着一团青草走向马厩

青马热乎乎的响鼻

仿佛内心拱出的春雷

这时门铃响起

邮差推门的笑脸

是一朵饱经风霜的向日葵

废墟里的风声

飘 雪

霜降过后
一切开始水落石出
日子的琐碎也越来越少
总得有什么来填补
像赴春天一个提前的约会
雪从远方如约而来
不温不火，不稠不稀
像是下在往年同一个黄昏

雪在成为雪之前
都在高空飘无所依
遇见一粒干净的尘
才有了自己的灵魂
它们放弃飘升，自甘坠落
只为把一生的梦想
接纳到爱的静默
有了飘雪
世界变得空旷而神奇
木屋好似童话国里的城堡
远处的雪山，像鲸鱼伏卧

我们的内心澄如湖面上的星光

空阔无际

半夜，我们被一阵

细密而精致的沙沙声惊起

走到夜幕下

但见满天雪花大如席

满天都是尖叫的狐狸

落下积攒一生的霞光

你仿佛从未见过如此盛大的宴席

旋舞如一朵扬起万吨花粉的红梅

生命如此热烈，不枉今生的遇见

我情不自禁放纵内心的闪电

你眯眼领受波浪擦过船身的震颤

辑二 星光微隐

废墟里的风声

明月千里

大雁穿过落日的针眼

似喜马拉雅雪线上

渐行渐远的修行者

暮霭像羊群下山一样嘶鸣

我们开始在寂静里点灯

光线暗淡,晚风鼓动着窗帘

我弯腰拾起时光遗落的一页诗笺

你低身擦拭

从半坡浮现出的那半张鱼尾形脸

你的脸还是十年前那座剧院

在尘世

我是个年华虚度半生潦倒的书生

遭世事愚弄,又被自己扭伤

在这遗世独立的雪山

你是雪山反照的星光

鸣虫寂寂,尘光细细

日子在你手心的微温里漫出了香

此时，窗外明月千里

一场大雪正从大地提升黎明

室内炉火跳跃

你脸上映现的红晕令我猛虎微醺

亲爱的

这些年，我深陷于书页间投下的阴影

也倾心你脸上升起的琴声一样的皱纹

辑二 星光微隐

废墟里的风声

遗忘的雪水

旷野响起了河水的镣铐声

春风解冻了十里八弯的思念

我的眉宇春和景明

你的微笑弯如新月

碧空万里似洗,我们打马草原

天地的空旷来自马蹄的辽阔

你银铃一样的笑声

是头顶盛开的云朵

春光越美越杀人

我喜欢你这素装轻裹的驰骋

风驱着海盗船队从四面八方赶来

我们想走多远就走多远

一路上有匍匐前往雪山的朝圣者

他们把背弓向佛心无边的穹窿

我们不敢惊扰,只投以虔诚的敬畏

也看到一辆失火的越野车陷于泥泞

我们一齐下马帮他们用力推

泥水扑溅了一身

辑三 星光微隐

碧草蓝天，天上人间

我们仰卧草原

任清风把万水千山揉遍

牦牛晃悠悠的眼神

倒映着雪山神奇的清澈

夜幕降临，我们燃起篝火

我不停翻转火星上的羊肉

你的脸布满了琥珀的温柔

忽然发现，有两只狼眼放绿光

在远处不动声色地伏卧

我从皮囊取出肉块向它们扔远

你开始抚琴，琴心掬着剑气

我舞剑而歌，歌咏霸王别姬

豺狼怕篝火，就让它焚烧到天明

直至人间恍惚一次遗忘的雪水

废墟里的风声

林海雪原

雪山像一个端庄的女神

几抹轻纱在她的颈脖间漫卷

卷起春风十里,滑落便是一片林海

蓝宝石一样的天空白云飘动

林海以一颗温柔的处子之心

等待一场千年的邂逅

如黑暗倾出两粒萤火,我们在林海里飞行

雪花在树梢上行走

针叶上挂满了冰糖葫芦,仿佛天使的轻抚

一只土拨鼠从雪洞里钻出

它骨碌着眼睛打量我们,像是在考古

你雪白的脖子是黑夜伸出的一截瓷器

两颊发出无数鸟鸣

人间无尘,万物皆为姊妹

莽莽林海,皑皑雪原

满眼都是清清白白的欢喜

仿佛这世界只属于我们

我们只属于这片无边的雪

我们只这么走，踩着深深的雪窝走

直到雪堆在我们的头顶，白了头

直到世界褪去一切色彩，只剩纯净的白

直到我是林海中的海，你是雪原里的雪

2023 年 7 月 27 日

废墟里的风声

天　湖

第一声问候，来自鱼跃

第二声问候，来自鸟旋

第三声问候，来自对岸

悬崖上的鹿回头

你张开双手

在湖边的一块礁石上飞翔

像鸟儿叼着出窍的灵魂在飞

天光云影，了无纤尘

白云翻动湖水青史般的肌肤

似雪山朗读明月寄来的一封信

亲爱的

你的脸上总有一条不安的河流

谁又能剔得尽这日子里的积垢

就如这一望无际的水

看起来多么清澈澄净

对着太阳就会发现浮尘

蓝蓝的天，蓝蓝的水

鱼儿与鱼儿叼着云朵相逢

云朵和云朵在湖心里相碰

亲爱的

让我们伴着落日款款地走

直至天际泛出远舟

2023 年 10 月 25 日

辑三 星光微隐

废墟里的风声

松　涛

木屋后的松树林，空气总是斑斓的
绿绒蒿、山丹花、凤尾蕨、漏斗菜
都在没心没肺地生长
鸟鸣声从林子的各个方向传来
雉鹑的、血雉的、野斑鸠的、林沙锥的……

"快看！那只鸟的胸前是红色的
像不像戴着一条红围巾？"
你忙竖起食指，"嘘——"
生怕提高分贝会将它们吓走
那是朱雀，像一粒粒雨花石在蕨枝间跳跃
它们滴溜溜转动着小脑袋，机警又亲人
有两只锦鸡瞟到了我们，以为危险
雄鸡退着让雌鸡先跑
我们伸手示好，它们眨动狐疑的眼神

高高的郁松密密麻麻，像埋伏十万大军
砍进树丛的光被阴影磨亮
轻风入林，摩抚树梢，发出若有若无的声响
声响徐徐掀动亿万根松针，如无数琴键启鸣

鸣奏渐丰，风浪奔涌，山势回廊，林涛推荡

骤地如有人从头顶轰地倾下大海

千顷滚滚，万绿奔流，山呼海啸，雷霆万钧

松涛时起时伏，相互撞击，裂石撼谷

像有千万个冤魂要将千万个长夜

一口气吐尽

群山起伏，月亮慌张如我们头顶上的野獾

你的眼睛泛着彩光

仿佛林间清泉蓄积的心跳

一点一滴都是来自天堂珍贵的财宝

2023 年 10 月 29 日

废墟里的风声

藏羚羊

落在地里的虫鸣发了芽
清晨去菜畦撒些草木灰
灵光一闪
映入一只神奇的藏羚羊
它低头啃食青菜的样子
像在河面啜取细细的波纹

啊，珍贵的客人
欢迎你来做客
你躲过狼、棕熊、秃鹫
和枪口的追捕
来到我的菜圃
你的嘴角还滴着青青的乳汁

趁着你还没有察觉
让我静静地打量你
圆圆的嘴巴，尖尖的耳朵
长长的角，像竹笋一样
一节一节地往上攀缘
耳骨抖动如一朵会眨眼的黄花

辑二 星光微隐

你回过头,看到了我

清澈的眼神滑过一缕惊慌

双眸依然闪烁盈盈的光芒

不要怕,我的客人

我曾像你一样受够了惊吓

但手指还冒发纤细的光

你落单了吗

不妨抬抬头

如水的天空正漂着一只天鹅

高高地向你挺起雪白的胸脯

万物自带无可逃避的悲欢

自由的生命无可阻挡

祝福你,高原的精灵

你让空旷的寂静有了自由的鸣响

2023 年 10 月 26 日

雪 狐

半夜,柴门吱呀一声开了
我黑漆漆地起来
户外月色嶙峋,空无一人
掩身而卧,未几吱呀一声
门又开了,月光如水照进来
带着自制的弓箭出门逡巡
发现一块薄雪的岩石上
立着一只雪狐
一身雪白
像刚从月亮的窗格里跳出来
它看到我,也不畏惧
盯着我,眼睛蓝得像瓦尔登湖
它似曾相识,想在哪里见过
它倏地闪身而去,尾巴甩出千年的孤独

我猫着身子去追,它如一道月光飞掠
好像知道我累了,突然转过身来停住
投来灰尘一样的目光,看起来比悲剧还美
它似有什么诉说,掷给你却只是沉默
它吐出一缕透骨的香气

我闻出了箭镞里的一声雁鸣

千年之前的那场雪还滴着血

我慢慢向它趋近,它倏地闪身飞离

跟着它的爪印翻过一座雪丘

雪丘上一株白桦,仿佛一个吹箫的书生

它尾巴搭在一个雪锥,仍是依依地看我

就像某种无限的温柔在忍受无限的苦痛

它倏地跃上白桦,坐在一枝树梢

将手轻轻一扬,雪花就飘飘洒洒在空中

这是前世的妖孽,只有把它擒回到家中

我弯弓搭箭要射,它突然一个回眸

一个回眸,荒丘变成了波澜万顷的海滩

海滩搁止一条破船,船舷躺着一个女子

一个渔夫经过,脱下衣服盖上她的身子

我下意识地收起弓箭

忽然什么都不见,唯剩茫茫的雪原

就像浪消失在海里,泉消失在林间

2023 年 8 月 28 日

废墟里的风声

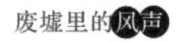

多米诺骨牌奇景

春天敦厚的钟声,来自遥远的雪崩
隐在命运背后的东西需要神来安顿
就如把冰川还给河流,把沉默还给石头
人间皎洁,你内心涌动远山的雪线
三月三,我们踏进心中这座屹立的神

阳光下雪山似飘浮的金字塔纷披灿烂
山脚巨石移动,一群牦牛在蹭着远山
雪脊崚嶒,我们抓着冰镐结绳而行
如燕子溜冰,蹬入了一片蓝色的冰川
一片玻璃的海,凝固了时间
亿万年变幻不过弹指一挥间

生硬的冻土爬着零碎的杜鹃花
似从经卷里淬炼出青铜的笑容
这旷世的寂寞令人发痴
断崖万仞如削铁,一只秃鹫碾过深渊
似一块磨盘不顾一切向我们冲撞而来
又似一枚钉子忽地被云朵吸去

满地晶莹细碎，满眼清光照人

海拔越来越高，空气越来越薄

一只雪盆沉现眼底，盆底碧波澄澄

像宝石一样散发出雪生云、云弄雪的幻景

石头生巨翅，迎面罩来偌大的冰斗

冰制的刀斧剑戟林立，仿佛古战场的遗址

一只昂首天外的骆驼在翘盼千年前的主人

斗峰如大海中的巨礁，疾云如怒潮

那柱银雕玉塑的千年冰峰

泻出一卷青瓷一样的玉瀑

跌入幽不见底的溶洞，不知归处

悬崖立着一只雪豹，它掉头回望

目光比冰峰还寂静

浩瀚的云海，神秘的佛光

浩气贯苍穹，绝顶生银河

站在峰顶，落日悬着莫名的磅礴

但觉寒气横流，狂风翻滚着石头

啸声隐隐，传来一声咔嚓

远处嶙峋万仞，涌起层层叠叠的冰墙

像多米诺骨牌一样前仆后继地倒塌

冰海骤然抽起一条闪电般的雪龙

我们听到地球轴心在吱吱嘎嘎地转动

废墟里的风声

啊，你看到了吗

这就是雪山的伟大

它以崩裂、自毁冲击心灵的坚冰

又以万年的坚守创造爱情的神奇

　　　　　　　写于 2014 年 9 月 2 日 16 日

　　　　　　　改于 2023 年 10 月 24 日 26 日

海上田园

阳光拍了拍左边的叶子
又拍了拍右边的叶子
落在你身上
风吹起你海蓝的碎花格衣裳

深圳这些年,不说天涯孤旅
但我已习惯于苟活如虫
似一只蜘蛛侠贴着万米高墙
在脚手架上升降起落、涂抹切割
落下满脸的灰尘与皱纹
你把阳光打在我身上,我便年轻

对岸的湖心亭隐约有人两粒
你抚摸草坪上的青草
像抚摸地下一头睡狮光滑的皮毛
我坐着
像太阳坐在清晨空旷的怀抱

命运都有一颗坚硬的心
而你温存的喘息像来自上帝

废墟里的风声

我们微笑地注视着一对燕子
它们在努力把天空抬高
抬到挪不动的地方
再沿一根弧线放下来
仿佛劈面倾下的大海

2016 年 5 月 16 日

山 居

住草棚

穿草鞋

戴草帽

扛锄头上山

斗太阳挖土

扯青草喂牛

割薯藤喂猪

喂鸡打狗

酿酒打豆腐

有客远方来

贫僧一碗粥

粥尽不尽兴

炒瓜藤配酒

瓜藤不解馋

再磨红薯豆腐

什么皆浮云

不如烧酒一壶

2021年8月3日

废墟里的风声

树上还有几只鸟

有个脑筋急转弯的题:
树上停有十只鸟
开枪打死了一只
树上还有几只鸟
我说:还有九只
同学们哄堂大笑
老师说:一只也没有了

走上社会,颠荡经年后
越来越觉得这个题无解
只要树上有果子有虫子
那九只鸟儿还会飞回来
我的回答并没有错
那九只鸟在树上叽叽喳喳
吃得欢,叫得欢
还会招来更多的鸟
最不可能的是一只也没有

就像蚊帐内的蚊子

不论你半夜开灯怎么搜怎么打

它们永远在黑暗中前仆后继

就像那年隔壁的传销窝

端了一窝又来一窝

2023 年 7 月 19 日

辑三 星光微隐

废墟里的风声

我不是故意的

他落井下过石

黄鼠狼拜过年

手机里埋过坑

牌桌上设过阱

衣冠楚楚

冒充领导亲戚骗过人

法庭上

他把腰弯成九十度：

对不起，我不是故意的

2019 年 12 月 18 日

清风吹响田野

那年,看不见前景的苦读放弃了
那年,跟老乡去深圳挣钱反被骗了
灰头土脸回乡里,一低低到尘埃里

唯有选择劳作,唯与黄牛为伍
那天从深圳回来的艾秀
有意绕到我锄土的田埂
我只勾着头锄土,装作没看见
她欲言又止地走了
露水打湿了她的裤脚

我低头,任山风在头顶呼啸
我低头,只有脚下这片土地
值得我虔诚地弯腰
理想被黄牛拉进了土地的皱褶
幸福渺茫
如一粒被黑暗咬着不放的萤火

汗珠敲打大地,清风吹响田野
夕阳下,我把打禾机踩得山响

废墟里的风声

像是宣泄某种不满

父亲却不声不响地打桶，撮谷

他眼角延伸的两根藤条

努力向着阳光的梯子爬

母亲递过来一条干毛巾

擦汗时，稻浪在温柔地起伏

阳光盈满大地，大风轻拂人间

只有爱让万物如此轻盈

2023 年 11 月 19 日

湘南小镇

风光的是那座雕梁画栋的风雨桥

咸丰走过同治走过光绪走过

民国那顶吹吹打打的花轿抬过去了

脖子上挂着彩球的新郎还在桥头傻笑

温良的羊群从瓦楞上滑落

碎成了一朵又一朵远去的云

街道如一条被时光抽痛的鞭痕

偶然烟灰般传来清凉的叫卖声

对河奶奶挑着一担小菜从船上

蹒跚而来，放在街旁等人买

有算命先生坐在石凳替人掐算时运

他废墟般的眼窝恍若郎中

从挂在鼻尖的眼镜里翻起上帝般的眼神

天空幽蓝似一场辽阔的白日梦

春光占尽了庭院的每一寸角落

对岸一道琉檐拎着一座庄园在飞

青青的竹子像柔软的风

细细搭在村庄软绵的腰上

废墟里的风声

田野充满少女的气息

青色的鸟鸣不染尘埃

日光被寒蝉一寸寸收短

落日饱蘸着群山沉下去

夫夷河上悬起沉郁的磅礴

河水拍打着风雨桥

拍打着石板路上来来往往的人群

苍茫而去的波涛是他们攥不住的命运

2023 年 8 月 24 日

夜栖知青寨

月色微凉，虫鸣浅吟

一眼山泉幽居林间，清得像观音

同伴枕着猎管在帐篷内呼呼打鼾

月光下的群山却像睡着了的大海

郁郁苍苍的松林在空中舀一湖清水

举重若轻

小时候我们常在这一带放牛

成群的知青在对面的山坡挖土、唱歌

和着松鸣，演奏大自然的交响

山涧里的泉水叮叮咚咚

一个比翠竹还苗条的女知青拎着军壶

在松树下弯身打水

如今安扎知青的寨楼早已废弃

寨前的池塘灌满了浮萍与蛙鸣

唯有那枝斜逸而出的菡萏

神似从四十年前撑伞而来

陌路而逢的女知青

2024 年 2 月 27 日

废墟里的风声

废 井

后陇山的菜地旁有口废井

井沿的砖石剥损颓落

井水浑幽,浮满了青苔

解放前,后陇山还有寺院

至今残存的一角飞檐

仿佛浮隐在清朝的暮霭

秋天我与父亲来这里挖红薯

菜地僵涩,满含瓦砾

我遥想一百年以前

有个和尚挑着水桶从这菜地里晃出

去井里打水

月光把他的脑袋洗成了石头

群山脉脉,松涛隐隐

废井上方埋着我的祖辈

祖母坐在云朵上

如一架纺车伫立于山岗

2023 年 10 月 29 日

菜 地

我不止一次写到这片菜地
从遥远的时光漏出蝈蝈的叫声
菜地的左方有座废寺,父亲说
解放前每当太阳烤裂大地
他就看到大人们从这寺院
抬出龙王菩萨
巫师敲鼓蹦跳,祈求降雨

有天傍晚,我在这里扯萝卜
听到松涛滚滚,回声轰鸣
如人揪着头发向着天空撞击
又如惊涛拍岸,把我拍向星空
黑夜披着她闪光的斗篷

菜地的下方是一口干塘
废井流出一股细水途经它
不知消失到什么地方
只听到水在轻柔地流动
云在远方悠然地飘动

废墟里的风声

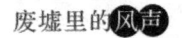

前些年退耕还林

这一带的菜地都栽上了茶树

如今,我的父亲埋在这里

我的母亲也埋在这里

背后郁郁苍苍的松林

为他们端着一湖清水

树木远比人类有童心

这无边的夜色啊

就是人间的良知

2023 年 10 月 30 日晨